余华作品

战 栗

作家出版社

图书在版编目（CIP）数据

战栗/余华著． －2 版． －北京：作家出版社，2012.9
（2025.2 重印）
（余华作品）
ISBN 978 - 7 - 5063 - 6561 - 1

Ⅰ．①战… Ⅱ．①余… Ⅲ．①中篇小说 - 小说集 - 中国 - 当
代 Ⅳ．①I247.5

中国版本图书馆 CIP 数据核字（2012）第 175994 号

战　栗

作　者：余　华
责任编辑：钱　英
装帧设计：张晓光
出版发行：作家出版社有限公司
社　址：北京农展馆南里 10 号　　邮　编：100125
电话传真：86 - 10 - 65067186（发行中心及邮购部）
　　　　　86 - 10 - 65004079（总编室）
E - mail：zuojia@ zuojia. net. cn
http：//www. zuojiachubanshe.com
印　刷：三河市紫恒印装有限公司
成品尺寸：142 ×210
字　数：95 千
印　张：4.625
印　数：221001 -227000
版　次：2008 年 5 月第 1 版
　　　　2012 年 9 月第 2 版
印　次：2025 年 2 月第 31 次印刷
ISBN　978 - 7 - 5063 - 6561 - 1
定　价：25.00 元

目　录

自 序

　　这是我从 1986 年到 1998 年的写作旅程，十多年的漫漫长夜和那些晴朗或者阴沉的白昼过去之后，岁月留下了什么？我感到自己的记忆只能点点滴滴地出现，而且转瞬即逝。回首往事有时就像是翻阅陈旧的日历，昔日曾经出现过的欢乐和痛苦的时光成为了同样的颜色，在泛黄的纸上字迹都是一样的暗淡，使人难以区分。这似乎就是人生之路，经历总是比回忆鲜明有力。回忆在岁月消逝后出现，如同一根稻草漂浮到溺水者眼前，自我的拯救仅仅只是象征。同样的道理，回忆无法还原过去的生活，它只是偶然提醒我们：过去曾经拥有过什么？而且这样的提醒时常以篡改为荣，不过人们也需要偷梁换柱的回忆来满足内心的虚荣，使过去的人生变得丰富和饱满。我的经验是写作可以不断地去唤醒记忆，我相信这样的记忆不仅仅属于我个人，这可能是一个时代的形象，或者说是一个世界在某一个人心灵深处的烙印，那是无法愈合的疤痕。我的写作唤醒了我记忆中无数的欲望，这样的欲望在我过去的生活里曾经有过或者根本没有，曾经实现过或者根本无法实现。我的写作使它们聚集到了一起，在虚构的现实里成为合法。十多年之后，我发现自己的写作已经建立了现实经历之外的一条人生道路，它和我现实的人生之路同时出发，并肩而行，有时交叉到了一起，有时又天各一方。因此，我现在越来越相信这样的话——写作有益于身心健康，因为我感到自己的人生正在完整起来。写作使我拥有了两个人生，现实的和虚构的，它们的关系就像是健康和疾病，当一个强大起来时，另一个必然会衰落下去。于是，当我现实的人生越来越平乏之时，我虚构的人生已经异常丰富了。

这些中短篇小说所记录下来的，就是我的另一条人生之路。与现实的人生之路不同的是，它有着还原的可能，而且准确无误。虽然岁月的流逝会使它纸张泛黄字迹不清，然而每一次的重新出版都让它焕然一新，重获鲜明的形象。这就是我为什么如此热爱写作的理由。

偶然事件

1987 年 9 月 5 日

老板坐在柜台内侧，年轻女侍的腰在他头的附近活动。峡谷咖啡馆的颜色如同悬崖的阴影，拒绝户外的阳光进入。《海边遐想》从女侍的腰际飘拂而去，在瘦小的"峡谷"里沉浸和升起。老板和香烟、咖啡、酒坐在一起，毫无表情地望着自己的"峡谷"。万宝路的烟雾弥漫在他脸的四周。一位女侍从身旁走过去，臀部被黑色的布料紧紧围困。走去时像是一只挂在树枝上的苹果，晃晃悠悠。女侍拥有两条有力摆动的长腿。上面的皮肤像一张纸一样整齐，手指可以感觉到肌肉的弹跳（如果手指伸过去）。

一只高脚杯由一只指甲血红的手安排到玻璃柜上，一只圆形的酒瓶开始倾斜，于是暗红色的液体浸入酒杯。是朗姆酒？

然后酒杯放入方形的托盘，女侍美妙的身影从柜台里闪出，两条腿有力地摆动过来。香水的气息从身旁飘了过去。她走过去了。

酒杯放在桌面上的声响。

"你不来一杯吗？"他问。

咳嗽的声音。那个神色疲倦的男人总在那里咳嗽。

"不，"他说，"我不喝酒。"

女侍又从身旁走过，两条腿。托盘已经竖起来，挂在右侧腿旁，和腿一起摆动。那边两个男人已经坐了很久，一小时以前他们进来时似乎神色紧张。那个神色疲倦的只要了一杯咖啡；另一个，显然精心修理过自己的头发。这另一个已经要了三杯酒。

现在是《雨不停心不定》的时刻，女人的声音妖气十足。

被遗弃的青菜叶子漂浮在河面上。女人的声音庸俗不堪。老板站起来，给自己倒了一杯酒，他朝身边的女侍望了一眼，目光毫无激情。女侍的目光正往这里飘扬，她的目光过来是为了挑逗什么。

一个身穿真丝白衬衫的男子推门而入。他带入些许户外的喧闹。他的裤料看上去像是上等好货，脚蹬一双黑色羊皮鞋。他进入"峡谷"时的姿态随意而且熟练。和老板说了一句话以后，和女侍说了两句以后，女侍的媚笑由此而生。然后他在斜对面的座位上落座。

一直将秋波送往这里的女侍，此刻去斜对面荡漾了。另一女侍将一杯咖啡、一杯酒送到他近旁。

他说："我希望你也能喝一杯。"

女侍并不逗留，而是扭身走向柜台，她的背影招展着某种欲念。她似乎和柜台内侧的女侍相视而笑。不久之后她转过身来，手举一杯酒，向那男人款款而去。那男人将身体挪向里侧，女侍紧挨着坐下。

柜台内的女侍此刻再度将目光瞟向这里。那目光赤裸裸，掩盖是多余的东西。老板打了个呵欠，然后转回身去按了一下录音机的按钮，女人喊声戛然而止。他换了一盒磁带。《吉米，来吧》。依然是女人在喊叫。

那个神色疲倦的男人此刻声音响亮地说：

"你最好别再这样。"

头发漂亮的男人微微一笑，语气平静地说：

"你这话应该对他（她）说。"

女侍已经将酒饮毕，她问身穿衬衫的人：

"希望我再喝一杯吗？"

真丝衬衫摇摇头："不麻烦你了。"

女侍微微媚笑，走向了柜台。

身穿衬衫者笑着说："你喝得太快了。"

女侍回首赠送一个媚眼，算是报酬。

柜台里的女侍没人请她喝酒，所以她瞟向这里的目光肆无忌惮。

又一位顾客走入"峡谷"。他没有在柜台旁停留，而是走向真丝衬衫者对面的空座。那是一个精神不振的男人，他向轻盈走来的女侍要了一杯饮料。

柜台里的女侍开始向这里打媚眼了。她期待的东西一目了然。置身男人之中,女人依然会有寂寞难忍的时刻。《大约在冬季》。男人感伤时也会让人手足无措。女侍的目光开始撤离这里,她也许明白热情投向这里将会一无所获。她的目光开始去别处呼唤男人。她的脸色若无其事。现在她脸上的神色突然紧张起来。她的眼睛惊恐万分,眼球似乎要突围而出。

她的手捂住了嘴。

"峡谷"里出现了一声惨叫。那是男人生命将撕断时的叫声。柜台内的女侍发出了一声长啸,她的身体抖动不已。另一女侍手中的酒杯猝然掉地,她同样的长啸掩盖了玻璃杯破碎的响声。老板呆若木鸡。

头发漂亮的男人此刻倒在地上。他的一条腿还挂在椅子上。胸口插着一把尖刀,他的嘴空洞地张着,呼吸仍在继续。

那个神色疲倦的男人从椅子上站起来,他走向老板:"你这儿有电话吗?"

老板惊慌失措地摇摇头。

男人走出"峡谷",他站在门外喊叫:

"喂,警察,过来。"

后来的那两个男人面面相觑。两位女侍不再喊叫,躲在一旁浑身颤抖。倒在地上的男人依然在呼吸,他胸口的鲜血正使衣服改变颜色。他正低声呻吟。

警察进来了,出去的男人紧随而入。警察也大吃一惊。那个男人说:

“我把他杀了。”

警察手足无措地望望他，又看了看老板。那个男人重又回到刚才的座位上坐下。他显得疲惫不堪，抬起右手擦着脸上的汗珠。警察还是不知所措，站在那里东张西望。后来的那两个男人此刻站起来，准备离开。警察看着他们走到门口。

然后喊住他们：

“你们别走。”

那两个人站住了脚，迟疑不决地望着警察。警察说：

“你们别走。”

那两个互相看看，随后走到刚才的座位上坐下。

这时警察才对老板说：

“你快去报案。”

老板动作出奇敏捷地出了“峡谷”。

录音机发出一声“咔嚓”，磁带停止了转动。现在“峡谷”里所有的人都默不作声地看着那个垂死之人。那人的呻吟已经终止，呼吸趋向停止。

似乎过去了很久，老板领来了警察。此刻那人已经死去。

那个神色疲倦的人被叫到一个中年警察跟前，中年警察简单讯问了几句，便把他带走。他走出“峡谷”时垂头丧气。

有一个警察用相机拍下了现场。另一个警察向那两个男人要去了证件，将他们的姓名、住址记在一张纸上，然后将证件还给他们。警察说：

“需要时会通知你们。”

现在，这个警察朝这里走来了。

1987 年 9 月 10 日

砚池公寓顶楼西端的房屋被下午的阳光照射着，屋内窗帘紧闭，黑绿的窗帘闪闪烁烁。她坐在沙发里，手提包搁在腹部，她的右腿架在左腿上，身子微微后仰。

他俯下身去，将手提包放到了茶几上，然后将她的右腿从左腿上取下来。他说：

"有些事只能干一次，有些则可以不断重复去干。"

她将双手在沙发扶手上摊开，眼睛望着他的额头。有成熟的皱纹在那里游动。纽扣已经全部解开，他的手伸入毛衣，正将里面的衬衣从裤子里拉出来。手像一张纸一样贴在了皮肤上。如同是一阵风吹来，纸微微掀动，贴着街道开始了慢慢的移动。然后他的手伸了出来。一条手臂伸到她的腿弯里，另一条从脖颈后绕了过去，插入她右侧的胳肢窝，手出现在胸前。她的身体脱离了沙发，往床的方向移过去。

他把她放到了床上，却并不让她躺下，一只手掌在背后制止了她身体的迅速后仰，外衣与身体脱离，飞向床架后就挂在了那里。接着是毛衣被剥离，也飞向床架。衬衣的纽扣正在发生变化，从上到下。他的双手将衬衣摊向两侧。乳罩是最后的障碍。

手先是十分平稳地在背后摸弄，接着发展到了两侧，手开始越来越急躁，对乳罩搭扣的寻找困难重重。

6

"在什么地方？"

女子笑而不答。

他的双手拉住了乳罩。

"别撕。"她说，"在前面。"

搭扣在乳罩的前面。只有找到才能解开。

后来，女子从床上坐起来，十分急切地穿起了衣服。他躺在一旁看着，并不伸手给予帮助。她想"男人只负责脱下衣服，并不负责穿上"。她提着裤子下了床，走向窗户。穿完衣服以后开始整理头发。同时用手掀开窗帘的一角，往楼下看去。随后放下了窗帘，继续梳理头发。动作明显缓慢下来。

然后她转过身来，看着他，将茶几上的手提包背在肩上。她站了一会，重又在沙发上坐下，把手提包搁在腹部。她看着他。

他问："怎么，不走了？"

"我丈夫在楼下。"她说。

他从床上下来，走到窗旁，掀开一角窗帘往下望去。一辆电车在街道上驶过，一些行人稀散地布置在街道上。他看到一个男人站在人行道上，正往街对面张望。

陈河站在砚池公寓下的街道上，他和一棵树站在一起。此刻他正眯缝着眼睛望着街对面的音像商店。《雨不停心不定》从那里面喊叫出来。曾经在什么地方听到过，《雨不停心不定》。这曲子似乎和一把刀有关，这曲子确实能使刀闪闪发亮。峡谷咖啡馆。在街上走啊走啊，口渴得厉害，进入峡谷咖啡馆，要一杯饮料。然后一个人惨叫一声。只要惨叫一声，一个人就死了。人了结时十分简单。《雨不停心不定》在峡谷咖啡馆里，使一个人死去，他为什么要杀死他？

有一个女人从音像商店门口走过，她的头微微仰起，她的手甩动得很大，她有点像自己的妻子。有人侧过脸去看着她，是一个风骚的女人。她走到了一个邮筒旁，站住了脚。她拉开了提包，从里面拿出一封信，放入邮筒后继续前行。

他想起来此刻右侧的口袋里有一封信安睡着。这封信和峡谷咖啡馆有关。他为什么要杀死他？自己的妻子是在那个拐角处消失的，她和一个急匆匆的男人撞了一下，然后她就消失了。邮筒就在街对面，有一个小孩站在邮筒旁，正在吃糖葫芦。小孩和它一般高。他从口袋里拿出了那封信，看了看信封上陌生的名字，然后他朝街对面的邮筒走去。

砚池公寓里的男人放下了窗帘，对她说：

"他走了。"

1987 年 9 月 11 日

一群鸽子在对面的屋顶飞了起来，翅膀拍动的声音来到了江飘站立的窗口。是接近傍晚的时候了，对面的屋顶具有着老式的倾斜。落日的余晖在灰暗的瓦上飘拂，有瓦楞草迎风摇曳。鸽子就在那里起飞，点点白色飞向宁静之蓝。事实上，鸽子是在进行晚餐前的盘旋。它们从这个屋顶起飞，排成屋顶状的倾斜进行弧形的飞翔。然后又在另一个屋顶上降落，现在是晚餐前的散步。

它们在屋顶的边缘行走，神态自若。

下面的胡同有一些衣服飘扬着，几根电线在上面通过。胡同曲折伸去，最后的情景被房屋掩饰，大街在那里开始。是接近傍晚的时候了。依稀听到油倒入锅中的响声，炒菜的声响来自另一个位置。几个人站在胡同的中部大声说话，晚餐前的无所事事。

她沿着胡同往里走来，在这接近傍晚的时刻。她没有必要如此小心翼翼。她应该神态自若。像那些鸽子，它们此刻又起飞了。她走在大街上的姿态令人难忘，她应该以那样的姿态走来。那几个人不再说话，他们看着她。她走过去以后他们仍然看着她。她显然意识到了这一点，所以她才如此紧张。放心往前走吧，没人会注意你。那几个人继续说话了，现在她该放松一点了。可她仍然胆战心惊。一开始她们都这样，时间长了她们就会神态自若，像那些鸽子，它们已经降落在另一个屋顶上了，在边缘行走，快乐孕育在危险之中。也有一开始就神态自若的，但很少能碰上。她已在胡同里消失，她现在开始上楼了，但愿她别敲错屋门，否则她会更紧张。第一次干那种事该小心翼翼，不能有丝毫意外出现。

他离开窗口，向门走去。

她进屋以后神色紧张："有人看到我了。"

他将一把椅子搬到她身后，说："坐下吧。"

她坐了下去，继续说："有人看到我了。"

"他们不认识你。"他说。

她稍稍平静下来，开始打量起屋内的摆设，她突然低声叫道：

"窗帘。"

窗帘没有扯上，此刻窗外有鸽子在飞翔。他朝窗口走去。这是一个失误。对于这样的女人来说，一个小小的失误就会使前程艰难。他扯动了窗帘。

她低声说："轻一点。"

屋内的光线蓦然暗淡下去。趋向宁静。他向她走去，她坐在椅子里的身影显得模模糊糊。这样很好。他站在了她的身旁，伸出手去抚摸她的头发。女人的头发都是一样的。抚摸需要温柔地进行，这样可以使她彻底平静。

她抬起头来看着他，他的眼睛闪闪发亮，注意她的呼吸，呼吸开始迅速。现在可以开始了。用手去抚摸她的脸，另一只手也伸过去，手放在她的眼睛上，让眼睛闭上，要给予她一片黑暗。只有在黑暗中她才能体会一切。可以腾出一只手来了，手托住她的下巴，让她的嘴唇微微翘起，该他的嘴唇移过去了。要用动作来向她显示虔诚。嘴唇已经接触。她的身体动了一下。嘴唇与嘴唇先是轻轻地摩擦。她的手伸了过来，抓住了他的手臂。她现在已经脱离了平静，走向不安，不安是一切的开始。可以抱住她了，嘴唇此刻应该热情奔放。她的呼吸激动不已。她的丈夫是一个笨蛋，手伸入她的衣服，里面的皮肤很温暖。她的丈夫是那种不知道女人是什么的男人，把乳罩往上推去，乳房掉了下来，美妙的沉重。否则她就不会来到这里。

有敲门声突然响起。她猛地一把推开了他。他向门口走去，将门打开一条缝。

"你的信。"

他接过信，将门关上，转回身向她走去。他若无其事地说："是送信的。"

他将信扔在了写字台上。

她双手捂住脸，身体颤抖。

一切又得重新开始。他双手捧住她的脸，她的手从脸上滑了下去，放在了胸前。他吻她的嘴唇，她的嘴唇已经麻木，这是另一种不安。

她的脸扭向一旁，躲开他的嘴唇，她说：

"我不行了。"

他站起来，走到床旁坐下，他问她：

"想喝点什么吗？"

她摇摇头，说："我担心丈夫会找来。"

"不可能。"

"会的，他会找来的。"她说。然后她站起来，"我要走了。"

她走后，他重新拉开了窗帘，站在窗口看起了那些飞翔的鸽子，看了一会才走到写字台前，拿起了那封信，有时候一张纸就能破坏一切。

陈河致江飘的信

我就是那个 9 月 5 日和你一起坐在峡谷咖啡馆的人，如果我没有记错的话，我俩面对面坐在一起。你好像穿了一件真丝衬衫，你的皮鞋擦得很亮。我们的邻座杀死了那个好像穿得很漂亮的男人。警察来了以后就要去了我们的证件，还给我们时把你的还给我把我的还给你。我是今天才发现的所以今天才寄来。我请你也将我的证件给我寄回来，证件里有我的地址和姓名。地址需要改动一下，不是106号而是107号，虽然106号也能收到但还是改成107号才准确。

我不知道你对峡谷咖啡馆的凶杀有什么看法或者有什么想法。可能你什么看法想法也没有而且早就忘了杀人的事。我是第一次看到一个人杀了另一个人所以念念也忘不了。这几天我时时刻刻都在想着那桩事，那个被杀的倒在地上一条腿还挂在椅子上，那个杀人者走到屋外喊警察接着又走回来。我一闭上眼睛就能看到他们，和真的一模一样。究竟是什么原因促使一个男人下决心杀死另一个男人？我已经想了几天了，我想那两个男人必定与一个女人有关系。我不知道你是不是同意我的想法。

江飘致陈河的信

你的来信到时，破坏了我的一桩美事。尽管如此，我此刻给你写信时依然兴致勃勃。警察的疏忽，导致了我们之间的通信。事实上破坏我那桩美事的不是你，而是警察。警察在峡谷咖啡馆把我的证件给你时，已经注定了我今天下午的失败。你读到这段话时，也许会莫名其妙，也许会心领神会。

关于"峡谷"的凶杀，正如你信上所说，"早就忘了杀人的事"。我没有理由让自己的心情变得糟糕。但是你的来信破坏了我多年来培养起来的优雅心情。你将一具血淋淋的尸首放在信封里寄给我。当然这不是你的错，是警察的疏忽造成的。然而你"时时刻刻都在想着那桩事"，让我感到你是一个有些特殊的人。你的生活态度使我吃惊，你牢牢记住那些应该遗忘的事，干吗要这样？难道这样能使你快乐？迅速忘掉那些什么杀人之类的事，我一想到那些就不舒服。

证件随信寄上。

陈河致江飘的信

我的准确地址是107号不是106号，虽然也能收到但你下次来信时最好写成107号。我一遍一遍读了你的信，你的信写得真好。但是你为何只字不提你对那桩凶杀的看法或者想法呢？那桩凶杀就发生在你的眼皮底下你不会很快忘掉的。我时时刻刻都在想着这桩事，这桩事就像穿在身上的衣服一样总和我在一起。一个男人杀死另一个男人必定和一个女人有关系，对于这一点我已经坚信不疑并且开始揣想其中的原因。我感到杀人是有杀人理由的，我现在就是在努力寻找那种理由。我希望你能够和我一起寻找。

1987年9月29日

一个男孩来到窗前时突然消失，这期间一辆洒水车十分隆重地驰了过来，街两旁的行人的腿开始了某种惊慌失措的舞动。有树叶偶尔飘落下来。男孩的头从窗前伸出来，他似乎看着那辆洒水车远去，然后小心翼翼地穿越马路，自行车的铃声在他四周迅速飞翔。

他转过脸来，对她说：

"我已有半年没到这儿来了。"

她的双手摊在桌面上，衣袖舒展着倒在附近。她望着他的眼睛，这是属于那种从容不迫的男人。微笑的眼角有皱纹向四处流去。

近旁有四男三女围坐在一起。

"喝点啤酒吗？"

"我不要。"

"你呢？"

"来一杯。"

"我喝雪碧。"

一个系领结的白衣男人将几盘凉菜放在桌上，然后在餐厅里曲折离去。

她看着白衣男人离去，同时问：

"这半年你在干什么？"

"学会了看手相。"他答。

她将右手微微举起，欣赏起手指的扭动。他伸手捏住她的手指，将她的手拖到眼前。

"你是一个讲究实际的女人。"他说。

"你第一次恋爱是十一岁的时候。"

她微微一笑。

"你时刻都存在着离婚的危险……但是你不会离婚。"

另一个白衣男人来到桌前，递上一本菜谱。他接过来以后递给了她。在这空隙里，他再次将目光送到窗外。有几个女孩子从这窗外飘然而过，她们的身体还没有成熟。她们还需要男人哺育。一辆黑色轿车在马路上驶过。他看到街对面梧桐树下站着一个男人，那个男人正看着他或者她。他看了那人一会，那人始终没有将目光移开。

白衣男人离去以后，他转回脸来，继续抓住她的手。

"你的感情异常丰富……你的事业和感情紧密相连。"

"生命呢？"她问。

他仔细看了一会，抬起脸说：

"那就更加紧密了。"

近旁的四男三女在说些什么。

"他只会说话。"一个男人的声音。

几个女人咯咯地笑。

"那也不一定。"另一个妇人说，"他还会使用眼睛呢。"

男女混合的笑声在餐厅里轰然响起。

"他们都在看着我们呢。"一个女人轻轻说。

"没事。"男人的声音。

另一个男人压低嗓门："喂，你们知道吗……"

震耳欲聋的笑声在厅里呼啸而起。他转过脸去，近旁的四男三女笑得前仰后合。什么事这么高兴。他想。然后转回脸去，此刻她正望着窗外。

"什么事？心不在焉的？"他说。

她转回了脸，说："没什么。"

"菜怎么还没上来。"他嘟哝了一句，接着也将目光送到窗外，刚才那个男人仍然站在原处，仍然望着他或者她。

"那人是谁？"他指着窗外问她。

她眼睛移过去，看到陈河站在街对面的梧桐树下，他头顶上有几根电线通过，背后是一家商店。有一个人抱着一包物品从里面出来。站在门口犹豫着，是往左走去还是往右走去？陈河始终望着这里。

"是我丈夫。"她说。

陈河致江飘的信

我 9 月 13 日给你去了一封信如果不出意外你应该收到了，我天天在等着你的来信刚才邮递员来过了没有你的来信，你上次的信我始终放在桌子上我一遍一遍看，你的信，真是写得太好了你的思想非常了不起。你信上说是警察的疏忽导致我们通信实在是太对了。如果没有警察的疏忽我就只能一人去想那起凶杀，我感到自己已经发现了一点什么了。我非常需要你的帮助你的思想太了不起了，我太想我们两人一起探讨那起凶杀这肯定比我一个人想要正确得多，我天天都在盼着你的信我坚信你会来信的。期待你的信。

1987 年 10 月 8 日

位于城市西侧江飘的寓所窗帘紧闭。此刻是上午即将结束的时候，一个三十来岁的女子走入了公寓，沿着楼梯往上走去，不久之后她的手已经敲响了江飘的门。敲门声处于谨慎之中。屋内出现拖沓的脚步声，声音向门的方向而来。

江飘把她让进屋内后，给予她的是大梦初醒的神色。她的到来显然是江飘意料之外的，或者说江飘很久以前就不再期待她了。

"还在睡？"她说。

江飘把她让进屋内，继续躺在床上，侧身看着她在沙发里坐下来。她似乎开始知道穿什么衣服能让男人喜欢了。她的头发还是披在肩上，头发的颜色更加接近黄色了。

"你还没吃早饭吧？"她问。

江飘点点头。她穿着紧身裤，可她的腿并不长。她脚上的皮鞋一个月前在某家商店抢购过。她挤在一堆相貌平常的女人里，汗水正在毁灭她的精心化妆。她的细手里拿着钱，从女人们的头发上伸过去。

——我买一双。

她从沙发里站起来，说："我去替你买早点。"

他没有丝毫反应，看着她转身向门走去。她比过去肥硕多了，而且学会了摇摆。她的臀部、腿还没有长进，这是一个遗憾。她打开了屋门，随即重又关上，她消失了。这样的女人并非没有一点长处。她现在正下楼去，去为他买早点。

江飘从床上下来，走入厨房洗漱。不久之后她重又来到。那时候江飘已经坐在桌前等待早点了。她继续坐在沙发里，看着他嘴的咀嚼。

"你没想到我会来吧。"

他加强了咀嚼的动作。

"事实上我早就想来了。"

他点点头，表示知道了。

"其实我是顺便走过这里。"她的语气有些沮丧，"所以就上来看看。"

江飘将食物咽下，然后说："我知道。"

"你什么都知道。"她叹息一声。

江飘露出满意的一笑。

"你不会知道的。"她又说。

她在期待反驳。他想。继续咀嚼下去。

"实话告诉你吧，我不是顺路经过这里。"

她开场白总是没完没了。

她看了他一会，又说："我确实是顺路经过这里。"

是否顺路经过这里并不重要。他站了起来，走向厨房。刚才已经洗过脸了，现在继续洗脸。待他走出厨房时，屋门再次被敲响。

一个二十四五岁的姑娘飘然而入，她发现屋内坐着一个女人时微微有些惊讶。随后若无其事地在对面沙发上落座。她有些傲慢地看着她。

表现出吃惊的倒是她。她无法掩饰内心的不满，她看着江飘。

江飘给她们做介绍。

"这位是我的女朋友。"

"这位是我的女朋友。"

两位女子互相看了看，没有任何表示，江飘坐到了床上，心想她们谁先离去。

后来的那位显得落落大方，嘴角始终挂着一丝微笑，她顺手从茶几上拿过一本杂志翻了几页。然后问：

"你后来去了没有？"

江飘回答："去了。"

后来者年轻漂亮，她显然不把先来者放在眼里。她的问话向先来的暗示某种秘密。先来者脸色阴沉。

"昨天你写信了吗？"她又问。

江飘拍拍脑袋："哎呀，忘了。"

她微微一笑，朝先来者望了一眼，又暗示了一个秘密。

"十一月份的计划不改变吧。"

"不会变。"江飘说。

出现一个未来的秘密。先来的她的脸色开始愤怒。江飘这时转过脸去：

"你后来去了青岛没有？"

先来者愤怒犹存："没去。"

江飘点点头，然后转向后来的她。

"我前几天遇上戴平了。"

"在什么地方？"她问。

"街上。"

此刻先来者站起来，她说："我走了。"

江飘站立起来，将她送到屋外。在走道上她怒气冲冲地问："她来干什么？"

江飘笑而不答。

"她来干什么？"她继续问。

这是明知故问。江飘依然没有回答。

她在前面愤怒地走着。江飘望着她的脖颈——那里没有丝毫光泽。他想起很久以前有一次她也是这样离去。

来到楼梯口时，她转过身来脸色铁青地说：

"我再也不来了。"

江飘笑着说："你看着办吧。"

陈河致江飘的信

我越来越觉得你的信是让邮递员弄丢掉的，给我们这儿送信的邮递员已经换了两个，年龄越换越小。现在的邮递员是一个喜欢叫叫嚷嚷而不喜欢多走几步的年轻人。刚才他离去了他一来到整个胡同就要紧张起来他骑着自行车横冲直撞。我一直站在楼上看着他他离去时手里还拿着好几封信。我问他有没有我的信他头也不回根本不理睬我。你给我的信肯定是他丢掉的。所以我只能一个人冥思苦想怎么得不到你那了不起的思想的帮助。虽然我从一开始就感到那起凶杀与一个女人有关，但我并不很轻易地真正这样认为。我是经过反复思索以后才越来越觉得一个女人参与了那起凶杀。详细的情况我这里就不再罗列了那些东西太复杂写不清楚。我现在的工作是逐步发现其间的一些细微得很的纠缠。基本的线索我已经找到那就是那个被杀的男人勾引了杀人者的妻子，杀人者一再警告被杀者可是一点作用也没有于是只能杀人了。我曾经小心翼翼地去问过我的两个邻居如果他们的妻子被别人勾引他们怎么办他们对我的问话表示了很不耐烦但他们还是回答了我对他们的回答使我吃惊他们说如果那样的话他们就离婚，他们一定将我的问话告诉了他们的妻子所以他们的妻子遇上我时让我感到她们仇恨满腔。我一直感到他们的回答太轻松只是离婚而已。他们的妻子被别人勾引他们怎么会不愤怒这一点使人难以相信，也许他们还没到那时候所以他们回答这个问题时很轻松。我不知道你遇到这种情况会怎么样，实在抱歉我不该问这样倒霉的问题，可我实在太想知道你的态度了，你不会很随便对待我这个问题的，我知道你是一个很有思想的人你的回答对我肯定有很大帮助。

期待你的信。

江飘致陈河的信

你为我提供了一个掩饰自己的机会，即使我完全可以承认自己曾给你写过两封信，其中一封让邮递员弄丢了，但我并不想利用这样的机会，我倒不是为给邮递员平反昭雪，而是我重新读了你的所有来信，你的信使我感动。你是我遇上的最为认真的人。那起凶杀案我确实早已遗忘，但你的不断来信使我的记忆死灰复燃。对那起凶杀案我现在也开始记忆犹新了。

你在信尾向我提出一个颇有意思的问题，即我的妻子一旦被别人勾引我将怎么办。我的回答也许和你的邻居一样会令你失望。我没有妻子，我曾努力设想自己有一位妻子，而且被别人勾引了，从而将自己推到怎么办的处境里去。但是这样做使我感到是有意为之。你是一个严肃的人，所以我不能随便寻找一个答案对付你。我的回答只能是，我没有妻子。

你的邻居的回答使你感到一种不负责任的轻松，他们的态度仅仅只是离婚，你就觉得他们怎么会不愤怒，这一点我很难同意。因为我觉得离婚也是一种愤怒。我理解你的意思。你显然认为只有杀死人是一种愤怒，而且是最为极端的愤怒。但同时你也应该看到还有一种较为温和的愤怒，即离婚。

另外还有一点，你认为一个男人杀死另一个男人，必定和一个女人有关。这似乎有些武断。男人有时因为口角就会杀人，况且还存在着多种可能，比如谋财害命之类的。或者他们俩共同参与某桩事，后因意见不合也会杀人。总之峡谷咖啡馆的凶杀的背景是多种多样的，不能只用一种来下结论。

陈河致江飘的信

终于收到了你的来信你的信还是寄到106号没寄到107号但我还是收到了。我非常高兴终于有一个来和我讨论那起凶杀的人了，你的见解非常有意思你和我的邻居完全不一样，我没法和他们讨论什么但能和你讨论。

你信上说离婚也是一种愤怒我想了很久以后还是不能同意。因为离婚是一种让人高兴的事总算能够扔掉什么了。这是一般说法上的离婚，特殊的情况也不是没有但那不是愤怒而是痛苦，离婚只有两种，即兴奋和痛苦两种而没有什么愤怒的离婚当然有时候会有一点气愤。

你信上罗列了一个男人杀死另一个男人时的多种背景的可能我是同意的，你那两个词用得太好了就是背景与可能。这两个词我一看就能明白你用词非常准确，一个男人确实会因为口角或者谋财和共同参与某桩事有了意见而去杀死另一个男人。峡谷咖啡馆的那起凶杀却要比你想的严重得多那起凶杀一定和一个女人有关，你应该记得杀人者杀死人以后并不是匆忙逃跑而是去叫警察，他肯定做好了同归于尽的准备。这种同归于尽的凶杀不可能只是因为口角或者谋财必定和一个女人有关。被杀者勾引了杀人者的妻子杀人者屡次警告都没有用杀人者绝望以后才决定同归于尽的。

你回答我最后一个问题时说你没有妻子，这个回答很好，我一点也没有失望。你的认真态度使我非常高兴。你没有妻子的回答让我知道了你为何不同意我的说法即一个男人杀死另一个男人必定和一个女人有关，没有妻子的男人与有妻子的男人在讨论一起凶杀时有点分歧很正常，不会影响我们继续讨论下去的，我这样想，我想你也会同意的。

期待你的信。

江飘致陈河的信

你用杀人者同归于尽的做法仍然难以说明，即说明那起凶杀与一个女人有关。首先我准备提醒你的是同归于尽的做法是很常见的，并非一定与女人有关。我不知道你为何总是把凶杀与女人扯在一起，反正我不喜欢这样。男人和女人交往是为了寻求共同的快乐，可不是为了凶杀。我不喜欢你的推断是因为你把男女之间的美妙交往搞得过于鲜血淋淋了。

我没有妻子的回答，与我不同意你将凶杀与女人扯在一起的推断毫无关系。你的话让我感到自己没有妻子就无法了解那起凶杀的真相似的，虽然我没有妻子，但我可以告诉你我有女人。你我都是拥有女人的男人，这一点我们是一样的。但是你我之间存在一个最大的分歧，你认为同归于尽的凶杀必定与女人有关，我则恰恰相反。一个男人因为自己的妻子被别人勾引，从而去与勾引者同归于尽。这种说法太简单了，像是小说。你应该认识这种勾引是需要一个过程的，不管这个过程是长是短，作为丈夫的有足够的时间来设计谋杀，从而将自己的杀人行为掩盖起来。他完全没有必要选择同归于尽的方法，这实在是愚蠢。事实上男人因为女人去杀人本身就愚蠢。

其实你我两人永远也无法了解那起凶杀的真相，我们只能猜测，如果想使我们猜测更加符合事实真相，最好的办法是设计出多种杀人的可能性，而不只是情杀一种。这倒是一件挺有意思的事，也是消磨时光的另一种好办法。我乐意与你分析讨论下去。

陈河致江飘的信

我非常高兴你的信总算寄到了 107 号而不是 106 号，我收到时非常高兴。你非常坦率你愿意和我分析与讨论下去的话使我激动不已虽然我们之间有分歧其实只有分歧才能讨论下去如果意见一致就没有必要讨论了。

你说你有女人但没有妻子使我吃了一惊我想你是有未婚妻吧，你什么时候结婚？结婚时别忘了告诉我。我要来祝贺，我现在非常想见到你。

你的信我反复阅读读得如饥似渴我承认你的话有道理有些地方很对，我反复想了很久还是觉得那起凶杀与女人有关我实在想不出更有说服力的凶杀了。请你原谅你信上的很多话都过于轻率了你认为那个男人有足够时间来设计谋杀"从而将自己的杀人行为掩盖起来"，这不是没有道理但是你疏忽了重要的一条，那就是同归于尽的凶杀的原因是因为杀人者彻底绝望。杀人者并非全都是歹徒都是杀人成性的也有被逼上绝路的杀人者。峡谷咖啡馆的杀人者何尝不想保护自己但是他彻底绝望了，他觉得活在世上已经没有什么意思了。在他妻子被别人勾引时他是非常痛苦的，他曾想利用一种和平的方法来解决问题，他肯定时常一人在城市里到处乱走，他的妻子不在家里，正与一个男人幽会，而他则在街上孤零零走着心里想着和妻子初恋时的情景。他肯定希望过去的美好生活重新开始只要他的妻子能够回心转意或者那个勾引者良心发现。但是他努力的结果却并不是这样，他的妻子已经不可能回心转意而那个勾引者则拒绝停止勾引，妻子已经不可能再回到家中与他团聚生活了，希望已经破灭，这样就将他推到了绝望的处境里去了。他的愤怒就这样产生，他不愿意离婚，因为离婚以后他也不可能幸福。

他今后的生活注定要悲惨所以他就决定与勾引者同归于尽反正他也不想活了。

江飘致陈河的信

你有关那起凶杀的分析初看起来无懈可击，事实上只是你一厢情愿的猜测，我发现你对别人的分析缺乏必要的客观，你似乎喜欢将你对自己的了解套到别人身上去。比如当你知道我有女人时你就断定这个女人是我的未婚妻。你关于未婚妻的说法只是猜测而已，就像你对那起凶杀的猜测一样，而事实则是我有女人，至于这个女人是否会成为我的妻子连我也不知道，你为什么不想想这个女人没准是别人的妻子呢？不要把自己的精力只花在一种可能性上，这样只能使你离事实的真相越来越远。

事实上你对那起凶杀的分析并非无懈可击，我可以十分轻松地做出另一种分析。即使我同意峡谷咖啡馆的凶杀是情杀，也仍然可以推倒你的结论。首先一点，那个杀人者的妻子真的与人私通的话，那么你是否可以断定她只和一个男人私通呢？与许多男人私通的女人我见得多了，在城市的大街上到处都有。这种女人的丈夫最多只能猜测到这一点，而无法得到与妻子私通的全部名单。如果这样的丈夫一旦如你所说"愤怒"起来的话，那么他第一个选择要杀的只有他的妻子，而不会是别人，退一步说，即使他的妻子只和一个男人私通，究竟是谁杀害谁是无法说清的，所以他要杀或者应该杀的还是他的妻子。我这样说并不是鼓励那些丈夫都去杀害他们有私通嫌疑的妻子，我不希望把那些可爱的女人搞得胆战心惊，从而使我们男人的生活变得枯燥乏味。

陈河致江飘的信

你每封信都写得那么漂亮那么深刻我渐渐能够了解到一点你的为人了，我感到你确实是与我不一样的人太不一样了你是那种生活得非常好的人，你什么也不在乎。

你虽然做出了让步同意峡谷咖啡馆的凶杀是情杀这使我很高兴你最后的结论还是否定了是情杀，你的结论是杀人者的妻子与人私通，我不喜欢私通这个词。杀人者的妻子被人勾引杀人者应该杀他妻子，可是峡谷咖啡馆的凶杀却是一个男人死去不是女人死去。所以你也就否定了我的推断我觉得自己应该和你辩论下去。

你是否考虑到凶手非常爱自己的妻子，如果他不爱自己的妻子他就不会愤怒地去杀人他完全可以离婚。可是他太爱自己的妻子，这种爱使他最终绝望所以他选择的方式是同归于尽因为那种爱使他无法杀害自己的妻子他怎么也下不了手。但他的愤怒又无法让他平静因此他杀死了勾引者这是理所当然的，我上封信已经说过促使他杀人的就是因为绝望和愤怒而导致这种绝望和愤怒的就是他对自己妻子的爱。这种爱你不会知道的请你原谅我这么说。

1987 年 11 月 3 日

那个头发微黄的男孩站在一根水泥电线杆下面，朝马路两端张望。她在远处看到了这个情景。他在电话里告诉她，他将在胡同口迎接她。此刻他站在那里显得迫不及待。现在他看到她了。

她走到了他的眼前，他的脸颊十分红润，在阳光里急躁不安地向她微笑。

近旁有一个身穿牛仔服的年轻人正无聊地盯着她，年轻人坐在一家私人旅店的门口，和一张医治痔疮的广告挨得很近。

他转过身去走进胡同，她在那里停留了一会，看了看一个门牌，然后也走入了胡同。她看着他往前走去时双腿微微有些颤抖，她内心的微笑便由此而生。

他的身影钻入了一幢五层的楼房，她来到楼房口时再度停留了一下，她的身体转了过去，目光迅速伸展，胡同口有人影和车影闪闪发亮。接着她也钻入楼房。

在四层的右侧有一扇房门虚掩着，她推门而入。她一进入屋内便被一双手紧紧抱住。手在她全身各个部位来回捏动。她想起那个眼睛通红的推拿科医生，和那家门前有雕塑的医院。她感到房间里十分明亮。因此她的眼睛去寻找窗户。

她一把推开他：

"怎么没有窗帘？"

他的房间里没有窗帘，他扭过头看看光亮汹涌而入的窗户，接着转过头来说：

"没人会看到。"

他继续去抱她。她将身体闪开。她说：

"不行。"

他没有理会，依然扑上去抱住了她。她身体往下使劲一沉，挣脱了他的双手。

"我说不行就是不行。"

她十分严肃地告诉他。

他急躁不安地说："那怎么办？"

她在一把椅子里坐下来，说："我们聊天吧。"

他继续说："那怎么办？"他对聊天显然没兴趣。他看看窗户，又看看她，"没人会看到我们的。"

她摇摇头，依然说："不行。"

"可是……"他看着窗户，"如果把它遮住呢？"他问她。

她微微一笑，还是说："我们聊天吧。"

他摇摇头，"不，我要把它遮住。"他站在那里四处张望。他发现床单可以利用，于是他立刻将枕头和被子扔到了沙发里，将床单掀出。

她看着他拖着床单走向窗口，那样子滑稽可笑。他又拖着床单离开窗口。将一把椅子搬了过去。他从椅子爬到窗台上，打开上面的窗户，将床单放上去，紧接着又关上窗户，夹住了床单。

现在房间变得暗淡了，他从窗台上跳下来。"现在行了吧？"他说着要去搂抱她。她伸出双手抵挡。她说："去洗手。"

他的激情再次受到挫折，但他迅速走入厨房。只是瞬间工夫。他重又出现在她眼前。这一次她让他抱住了。但她看着花里胡哨的被褥仍然有些犹豫不决。她说：

"我不习惯在被褥上。"

"去你的。"他说，他把她从椅子里抱了出来。

1987 年 11 月 5 日

江飘坐在公园的椅子上，他的前面是一块草地和几棵树木，阳光将他和草地树木连成一片。

"这天要下雪了。"他说。

和他坐在一起的是一位年轻女人，秋天的风将她的头发吹到了江飘的脸上。飞雪来临的时刻尚未成熟。江飘的虚张声势使她愉快地笑起来。

"你是一个奇怪的人。"她说。

江飘转过脸去说："你的头发使我感到脸上长满青草。"

她微微一笑，将身体稍稍挪开了一些地方。

"别这样。"他说，"没有青草太荒凉了。"他的身体挪了过去。

"有些事情真是出乎意料。"她说，"我怎么会和一个陌生的男人坐在一起？"她装出一副吃惊的模样。

"事实上我早就认识你了。"江飘说。

"我怎么不知道？"她依然故作惊奇。

"而且我都觉得和你生活了很多年。"

"你真会开玩笑。"她说。

"我对你了如指掌。"

她不再说什么，看着远处一条小道上的行人然后叹息了一声："我怎么会和你坐在一起呢？"

"你没有和我坐在一起，是我和你坐在一起。"

"这种时候别开玩笑。"

"我是在陈述一个事实。"

"我一般不太和你们男人说话。"她转过脸去看着他。

"看得出来。"他说，"你是那种文静内向的女子。"他心想，你们女人都喜欢争辩。

她显得很安静。她说："这阳光真好。"

他看着她的手，手沉浸在阳光的明亮之中。

"阳光在你手上爬动。"他伸过手去，将食指从她手心里移动过去，"是这样爬动的。"

她没有任何反应，他的手指移出了她的手掌，掉落在她的大腿上。他将手掌铺在她腿上，摸过去，"在这里，阳光是一大片地爬过去。"

她依然没有反应，他缩回了手，将手放到她背脊上，继续抚摸，"阳光在这里是来回移动。"

他看到她神色有些迷惘，轻声问："你在想什么？"

她扭过头来说："我在感觉阳光的爬动。"

他控制住油然而生的微笑，伸出去另一只手，将手贴在了她的脸上，手开始轻微地捏起来，"阳光有时会很强烈。"

她纹丝未动。他将手摸到了她的嘴唇，开始轻轻掀动她的嘴唇。

"这是阳光吗？"她问。

"不是。"他将自己的嘴凑过去，"已经不是了。"她的头摆动几下后就接纳了他的嘴唇。

后来，他对她说："去我家坐坐吧。"

她没有立刻回答。

他继续说："我有一个很好的家，很安静，除了光亮从窗户里进来——"他捏住了她的手。"不会有别的什么来打扰……"他捏住了她另一只手，"如果拉上窗帘，那就什么也没有了。"

"有音乐吗？"她问。

"当然有。"

他们站了起来，她说："我非常喜欢音乐。"他们走向公园的

　　　　　　　　　　　　　　　　　　　　　　| 余华作品

出口。

"你丈夫喜欢音乐吗？"

"我没有丈夫。"她说。

"离婚了？"

"不，我还没结婚。"

他点点头，继续往前走去。走到公园门口的大街上时，他站住了脚。他问："你住在什么地方？"

"西区。"她答。

"那你应该坐 57 路电车，"他用手往右前方指过去，"到那个邮筒旁去坐车。"

"我知道。"她说，她有些迷惑地望着他。

"那就再见了。"他向她挥挥手，径自走去。

陈河致江飘的信

我一直在期待着你的来信。我怀疑你将信寄到 106 号去了。106 号住着一个孤僻的老头他一定收到你的信了。他这几天见到我时总鬼鬼祟祟的。今天我终于去问他他那儿有没有我的信，他一听这话就立刻转身进屋再也没有出来，他装着没有听到我的话我非常气愤，可一点办法也没有。今天我一天都守候在窗前看他是不是偷偷出来将信扔掉。那老头出来几次有两次还朝我的窗口看上一眼但我没看到他手里拿着信也许他早就扔掉了。

现在峡谷咖啡馆的凶杀对我来说已经非常明朗我曾经试图去

想出另外几种杀人可能，然而都没有情杀来得有说服力。另外几种杀人有可能都不至于使杀人者甘愿同归于尽，只有情杀才会那样，别的都不太可能。

我前几次给你去的信好像已经提到杀人者早就知道被杀者勾引了他的妻子，是的，他早就知道了。所以他早就暗暗盯上了被杀者，在大街上在电车里在商店在剧院他始终盯着他，有好几次他亲眼看到妻子与他约会的场景。妻子站在大街上一棵树旁等着一辆电车来到，也就是等着被杀者来到，他亲眼看着被杀者走下电车走向他妻子。被杀者伸手搂住他的妻子两人一起往前走去。这情景和他与妻子初恋时的情景一模一样他非常痛苦，要命的是这种情景他常常会碰上因此他必定异常愤怒。愤怒使他产生了杀人的欲望他便准备了一把刀。所以当他后来再在暗中盯住勾引他妻子的人时怀里已经有了把刀。

勾引者常常去峡谷咖啡馆这一点他早就知道了。当这一天勾引者走入峡谷咖啡馆时他也尾随而入。他在勾引者对面坐下来，他是第一次和勾引者挨得这么近脸对着脸。他看到勾引者的头发梳理得很漂亮脸上搽着一种很香的东西，他从心里讨厌憎恶这样的男人。他和勾引者说的第一句话是他是谁的丈夫，勾引者听到这句话时显然吃了一惊，因为勾引者事先一点准备也没有。因此他肯定要吃惊一下。但是勾引者是那种非常老练的男人，他并没有惊慌失措他很可能回过头去看看以此来让人感到他以为杀人者是在和别人说话。当他转回头后已经不再吃惊而是很平静地看了杀人者一眼，继续喝自己的咖啡。杀人者又说了一遍他是谁的丈夫。勾引者抬起头来问他你是在和我说话吗勾引者装出一副吃惊的样子这次吃惊和第一次吃惊已经完全不一样了。杀人者此刻显然已经很愤怒了他的手很可能去摸了摸怀里藏着的刀但他还是压住愤怒问他是否认识他的妻子，他说出了妻子的名字。勾引者装着很迷惑的样子摇摇头说他从未听到过这样的名字他显然想抵赖下去。杀人者说出了勾引者的姓名住址和工作单位他告诉勾引者他早就盯上他了继续抵赖下去毫无必要勾引者不再说话他似乎是在考虑对策。这个时候杀人者就要勾引者别再和他妻子来往他告诉了勾引者以前他的生活是多么幸福可自从勾引者的出现这一切全完了他甚至哀求勾引者将妻子还给他。勾引者听完他的话以后告诉他他说的有关他妻子的话使他莫名其妙他再次说他从未听说过他妻子的名字更不用说认识了勾引者已经决定抵赖到底了。他听完勾引者的话绝望无比那时候他的愤怒已经无法压制所以他拿出了怀里的刀向勾引者刺去后来的情景我们都看到了。

江飘致陈河的信

来信收到，你的固执使任何人都无可奈何。我不明白你对情杀怎么会如此心醉神迷。尽管你也进行了另外可能性的思考，你的本质却使你从一开始就认定那是情杀，别的所有思考都不过是装腔作势，或者自欺欺人而已。

前面你的信你已经分析了杀人者的动机，这封信你连杀人过程也罗列了出来，我读完了你的信，如同读完了一篇小说。应该说我津津有味。可我怎么也说服不了自己：我读的不是小说，是一起凶杀案件档案。因为你的分析里有一个十分大的漏洞，这个漏洞不仅使我，也许会使别人都感到你的分析实在难以真实可信。

你对峡谷咖啡馆凶杀的分析，虽然连一些细节都没有放过，却放过了一个最大的，那就是凶手选择的是同归于尽的方法。你仔细分析了凶手怎么会随身带刀——这一点很好。你把凶手和被杀者在峡谷咖啡馆见面安排成第一次，也就是说他们是首次见面并且交谈。这便是缺陷所在。在你的分析里凶手走进峡谷咖啡馆，在被杀者对面坐下来时显然并不想杀害对方，虽然他带着刀。那时候凶手显然想说服对方，他先是要求，后是哀求，希望对方别再和自己的妻子来往，而且还令人感动地说了一通自己和妻子的初恋。在你的分析里，凶手还期望过去的美好生活重新开始。然而由于被杀者缺乏必要的明智——顺便说一句，如果是我的话，会立刻同意凶手的全部要求，并且会说到做到，因为这实在是甩掉一个女人的大好时机。可是被杀者显然有些愚蠢，所以他便被杀了。

我倒并不是说凶手那时还不具备杀人的理由，凶手已经被激怒了，所以他杀人是必然的。问题在于你分析中的杀人是即兴爆发的，凶手在走入咖啡馆时还不想杀人——你在分析里已经证实了这一点，所以他的杀人是由于一时爆发出来的愤怒造成的。然而峡谷咖啡馆的凶杀者却是十分冷静，他杀人之后一点也不惊慌，而去叫警察。可以说那时候我们都还没有反应过来。因此咖啡馆的凶杀很可能是预先就设计好的，当凶手走入咖啡馆时就知

36

道自己要杀人了。相反，假若是即兴地杀人，那么凶手就不会那么冷静，他应该是惊慌失措，起码也得目瞪口呆一阵子，他一下子反应不过来自己干了些什么。而事实却是凶手十分冷静，惊慌失措和目瞪口呆的是我们。

峡谷咖啡馆的事实证明了凶杀是事先准备好的，你的分析却否定了这一点。所以你的分析无法使人相信。

陈河致江飘的信

我仔仔细细读了好几遍你的信写得太好了你真是一个了不起的人你的目光太敏锐了。我完全同意你信中的分析那确实是一个非常大的漏洞大得吓了我一跳。我越来越感到没有你的援助我也许永远也没办法真正分析出咖啡馆的那起凶杀的真相我怎么会把最关键的同归于尽疏忽了真是要命我要惩罚自己。

确实如此凶手在走进咖啡馆之前已经和被杀者见过面交谈过了而且不止一次。凶手盯住被杀者已经很长时间了他已经确认被杀者就是勾引他妻子破坏他幸福生活的人所以他不会不找他。他找了被杀者好几次该说的话都说了，可被杀者总是拼命抵赖什么也不承认即便抵赖他还可以容忍问题是被杀者在抵赖的同时继续勾引他的妻子这一切全让他暗暗看在眼里。他后来开始明白一切都无法挽回了妻子不可能再像过去那样爱他了一切都完了。他曾经设计了好几种杀勾引者的方法都可以使自己逃掉不让别人发现但他最后都否定了因为他觉得自己即使逃掉也没有什么意思妻子不可能回心转意他对生活已经彻底绝望所以还不如同归于尽活着没意思还不如死。他选择了峡谷咖啡馆因为他发现勾引者常去那里他就决定在那里动手。他搞到了一把刀放在怀里继续盯着勾引者走入咖啡馆时他也走了进去在对面坐下。被杀者看到他时显然吃了一惊，但被杀者并未想到自己死期临近了凶手显然脸色非常难看但他依然没有放进心里去因为前几次凶手去找他时脸色同样非常难看所以他以为凶手又来恳求了他一点防备也没有他被凶手一刀刺中时可能还不知道发生了什么可能他到死都还没有明白过来究竟发生了什么。

江飘致陈河的信

你这次的分析开始合情合理了，但你还是疏忽了一点，事实上这个疏忽在你上封信里就有了，我当初没有发现，刚才读完你的信时才意识到。我记得峡谷咖啡馆的凶杀是发生在 9 月初，我记得自己是穿着衬衫坐在那里的，不知道你是穿着什么衣服？那个时候人最多只能穿一件衬衣，所以你分析说凶手将刀放在怀里不太可信。将刀放在怀里，一般穿比较厚的衣服才可能，而汗衫和衬衣的话，刀不太好放，一旦放进去特别显眼。我想凶手是将刀放在手提包中的，如果凶手没有带手提包，那么他就是将刀放在裤袋里，有些裤袋是很大的，放一把刀绰绰有余。不知道你是否注意到当初凶手是穿什么裤子？或者是不是带了手提包？

陈河致江飘的信

我非常同意你的信你对那把刀的发现实在太重要了。确实刀应该放在裤袋里我记得凶手没有带手提包他被警察带走时我看了他一眼他两手空空。你两次来信纠正了我分析里的错误使我感到一切都完美起来了。凶手走入峡谷咖啡馆时将刀放在裤袋里而不是怀里这样一来那起凶杀就不会再有什么漏洞了。我现在非常兴奋经过这么多天来的仔细分析总算得出了一个使我满意的结局这是我盼望已久的。但不知为何我现在又有些泄气似乎该干的事都干完了接下去什么事也没有了我不知道以后是否还能遇上这样的凶杀我现在的心情开始有些压抑心情特别无聊觉得一切都在变得没意思起来。

江飘致陈河的信

来信收到，你的情绪突变我感到十分有意思。你对那起凶杀太乐观了，所以要乐极生悲，你开始感到无聊了。事实上那起凶杀的讨论永远无法结束。除非我们两人中有一人死去。

虽然你现在的分析已经趋向完美，但并不是没有一点漏洞。首先你将那起凶杀定为情杀还缺少必要依据，完全是由于你那种不讲道理的固执，你认为那一定是情杀。你只给了我一个结论，并没有给我证据。如果现在放弃情杀的结论，去寻找另一种杀人动机，那么你又将有事可干了，我现在还坚持以前的观点：男人和女人交往是为了寻求共同的快乐，不是为了找死。鉴于你对情杀有着古怪的如痴如醉，我尊重你所以也同意那是情杀。

就是将那起凶杀定为情杀，也不是已经无法讨论下去了。有一个前提你应该重视，那就是被杀者的妻子究竟只和一个男人私通呢，还是和很多男人同时私通。你认为只和一个男人私通，你的分析说明了这一点。但是你忘了重要的一点。一般女人只和一个男人私通的，都不愿与丈夫继续生活下去。她会从各方面感觉到私通者胜过自己丈夫，所以她必然要提出离婚。而与许多男人私通的女人，只是为了寻求刺激，她们一般不会离婚。你分析中的女人只和一个男人私通，我奇怪她为何不提出离婚。既然她不提出离婚，那么她很可能与别的很多男人也私通。如果和很多男人私通，那么她的丈夫就难找到私通者，他会隐隐约约感到私通者都是些什么人，但他很难确定。他的妻子肯定是变化多端，让他捉摸不透。在这种情况下，他要杀的只能是自己的妻子，而不会是别人。事实上，杀人是一种愚蠢的行为，他最好的报复行为是：他也去私通，并且尽量在数量上超过妻子。这样的话，对人对己都是十分有利的。

1987年11月23日

露天餐厅里有一支轻音乐在游来游去，夜色已经降临，陈河与一位披发女子坐在一起，他们喝着同样的啤酒。

"我有一位朋友。"陈河说，"总是有不少女人去找他。"

女子将手臂支在餐桌上，手掌托住下巴似听非听地望着他。

"是不是有很多男人去找过你？"

"是这样。"女子变换了一个动作。将身体靠到椅背上去。

"你不讨厌他们吗？"

"有些讨厌，有些并不讨厌。"女子回答。

陈河沉吟了片刻，说："像我这样的人大概不讨厌吧。"

女子笑而不答。

陈河继续说："我那位朋友有很多女人，我不理解他为什么要这样。"

女子点点头："我也不理解。"

"男人和女人之间为何非要那样。"

"是的。"女子说，"我和你一样。"

"我希望有一种严肃的关系。"

"你想的和我一样。"女子表示赞同。

陈河不再往下说，他发现说的话与自己此刻的目标南辕北辙。

女子则继续说："我讨厌男女之间的关系过于随便。"

陈河感到话题有些不妙，他试图纠正过来。他说："不过男女之间的关系也不要太紧张。"

女子点头同意。

"我不反对男女之间的紧密交往，甚至发生一些什么。"陈河说完小心翼翼地望着她。

她拿起酒杯喝了一口，然后重又放下。她没有任何表示。

后来，他们站了起来，离开露天餐厅，沿着一条树木茂盛的小道走去，他们走到一块草地旁站住了脚。陈河说："进去坐一会吧。"他们走向了草地。

他们在草地上坐下来，他们的身旁是树木，稀疏地环绕着他们。月光照射过来，十分宁静。有行人偶尔走过，脚步声清晰可辨。

"这夜色太好了。"陈河说。

女子无声地笑了笑，将双腿在草地上放平。

"草也不错。"陈河摸着草继续说。

他看到风将女子的头发吹拂起来，他伸手捏住她的一撮头发，小心翼翼地问：

"可以吗？"

女子微微一笑："可以。"

他便将身体移过去一点，另一只手也去抚弄头发。他将头发放到自己的脸上，闻到一丝淡淡的香味。他抬起头看看她，她正沉思着望着别处。

"你在想什么？"他轻声问。

"我在感觉。"她说。

"说得太好了。"他说着继续将她的头发贴到脸上。他说："真是太好了，这夜色太好了。"

她突然笑了起来，她说："我还以为你在说头发太好了。"

他急忙说："你的头发也非常好。"

"与夜色相比呢？"她问。

"比夜色还好。"他立刻回答。

现在他的手开始去抚摸她的全部头发了，偶尔还碰一下她的脸。他的手开始往下延伸去抚摸她的脖颈。

她又笑了起来，说："现在下去了。"

他的手掌贴在了她的脖颈处，不停地抚摸。

她继续笑着，她说："待会儿要来到脸上了。"

他的手摸到了她的脸上，从眼睛到了鼻子，又从鼻子到了嘴唇。他说："真是太好了，这夜色实在是好。"

她再次突然笑了起来，她说："我又错了，我以为你在夸奖我的脸。"

他急忙说："你的脸色非常好。"

"算了吧。"她一把推开他。他的手掌继续伸过去，被她的手挡开，她问："你刚才在餐厅里说了些什么？"

他有些不知所措地望着她。

"你说的话和你的行为不一样。"

他想辩解，却又无话可说。

他站了起来，看着她离开草地，站到路旁去拦截出租汽车。她的手在挥动。

陈河致江飘的信

收到你的信已经有好几天了一直没有回信的原因是我一直在思考那起凶杀我开始重新思考了。你认为杀人者的妻子同时与几个男人私通现在我也用私通这个词了我觉得不是不可能。其实你在前几封信中已经提到这个问题了当初我心里也不是完全排斥我只是觉得与一个人私通的可能性更大一点。现在我已经同意你的分析同意杀人者的妻子同时与几个男人私通。你的分析非常可信杀人者的妻子与几个男人私通的话他确实很难确定那些私通者。这么看来杀人者长期盯住的不会是私通者而是他妻子由于他妻子和几个男人私通所以他有时会被搞糊涂因为他妻子一会去西区一会又去东区他妻子随时改变路线今天在这里过几天却在另一个地方。他长期以来迷惑不解很难确定私通者究竟是谁起初他还以为妻子是在迷惑他后来他才明白她同时与几个男人私通。你分析中说杀人者一旦发现这种事情以后应该杀死自己的妻子或者自己也去私通。但是峡谷咖啡馆的凶杀却是杀死一个男人这个事实很值得思考也就是说你的分析需要重新开始。根据我的想法是杀人者一旦发现妻子同时与几个男子私通以后他曾经想杀死自己的妻子但他实在下不了手不管怎么说他们之间也有过一段幸福生活那一段生活始终阻止了他向她下手。你提供的另一种办法即他也去私通他也不是没有去试过可是人与人不一样他那方面实在不行。最后他只有一条路可走就是去杀死私通者可私通者有好几个他应该把他们全部杀死然而问题是那些私通者他一个也确定不下来他怎么杀人呢？而且又会在峡谷咖啡馆找到一个私通者从而把他杀死这个问题我想了很久怎么也想不出来。

江飘致陈河的信

你的信提出了一个很关键的问题，也就是那起凶杀最后的问题。凶手怎么会在咖啡馆找到私通者，并且把他杀死。事实上要想解答这个问题也不是十分艰难，我们可以通过各种途径去设想，肯定能够找到答案。

我觉得被杀者很可能常去峡谷咖啡馆，至于杀人者是否常去那就不重要了。我们可以设计杀人者偶尔去了一次咖啡馆，在被杀者对面坐了下来。被杀者是属于那种被女人宠坏了的男人，他爱在任何人面前谈论他的艳事。这种男人我常遇上，这种男人往往只搞过一两个女人，但他会吹嘘自己搞过几十个了。他不管听者是否认识都会滔滔不绝地告诉对方，他的话中有真有假，他在谈起自己艳事时，会把某一两个女人的特性吐露出来。比如身体某部位有什么标记。当杀人者在被杀者对面坐下来以后，就开始倾听他的吹嘘了。当他说到某个女人时，说到这个女人的一些习性时，杀人者便开始警惕起来，显然那些习性与他妻子十分相像。最后被杀者不小心吐露了那个女人身体某部位某个标记时，杀人者便知道他说的就是自己的妻子，同时他也知道私通者是谁。被杀者显然无法知道即将大祸临头，他越吹越忘乎所以，把他和她床上的事也抖出来。然后他挨了一刀。

我这样分析可能太巧合了，你也许会这样认为。但事实上巧合的事到处都有。巧合的事一旦成为事实，那么谁也不会大惊小怪，都会觉得很正常。

陈河致江飘的信

你的分析非常有道理我同意你对巧合的解释实在是巧合到处都有那是很正常的事。我不知道你为什么在整个分析里把刀给忘掉了那把刀非常重要不能没有。既然杀人者是偶然遇上被杀者然后确定他和自己的妻子私通是偶然遇上并不是早就盯住杀人者不太可能随身带着一把刀。也可以这样解释那时候杀人者裤袋里刚好放了一把刀但这样实在是太巧合了。你的分析我完全同意就是这把刀怎么会突然出来了这一点我还一时想不通。你在分析杀人者偶尔走进咖啡馆时让人感到他并没有带着刀可后来说出来就出来了是否有点太突然。

江飘致陈河的信

来信收到，你的问题来得很及时，要解决刀的问题事实上也很简单，只需做一些补充就行了。

杀人者显然早就知道妻子与许多男人私通，正如你分析的那样，他曾经想杀死妻子，但他怎么也下不了手；他也试图去和别的女人私通，可他在那方面实在不行。而妻子与人私通的事实又使他不堪忍受。按你的话说是：他终于绝望和愤怒了。所以他就准备了一把刀，一旦遇上私通者就把他杀死。结果他在峡谷咖啡馆遇上了。

陈河致江飘的信

你对刀的补充让我信服也就是说他早就准备了一把刀随时都会杀人所以他走进咖啡馆时身上带着刀。我又发现了一个新的问题就是他虽然走进咖啡馆时身上带着刀但他当时并不知道自己要杀人他杀人是突然发生的所以他杀人之后不会非常冷静地去叫警察。同归于尽的杀人一般应该早就准备好了的也就是说他早就知道被杀者与自己妻子私通早就知道被杀者常去峡谷咖啡馆我记得你也曾向我提出过这样的问题。另一方面既然他知道自己的妻子同时与几个男人私通他不可能只和一个男人同归于尽他应该试图把所有的私通者都杀死然后和最后一个私通者同归于尽。如果峡谷咖啡馆的被杀者是最后一个私通者的话那么他应该早就有准备而不会是偶然遇上。其实这是不可能的他不可能知道所有的私通者他能确定一个就已经很不错了很可能他一个也确定不了他只能怀疑那么几个人但很难确定在这种情况下他想杀人的话会杀错人。你前信中的分析里令人信服的地方就是让他确定了一个私通者通过习性与标记来确定的但没说清楚他为何要同归于尽。

江飘致陈河的信

你提的问题很有意思，正如你信上所说，他不可能知道所有与自己妻子私通的人，这很对。但由于愤怒他想杀人，在这种情况下，他只要杀死一个私通者也能平息愤怒了。所以他早就准备同归于尽，只要能够找到一个私通者他就会毫不犹豫地杀死他。对他来说最重要的是平息愤怒，而不是把所有的私通者都杀死，你杀得完吗？首先他能知道所有的私通者吗？退一步说，由于他长久地寻找，仍然没法确定私通者，一个也没法确定，他就会变得十分急躁。当他在咖啡馆里遇到被杀者时，即便被杀者并未与他妻子私通，他也知道这一点。可是被杀者吹嘘自己如何去勾引别人的妻子时，被杀者的得意洋洋使他的愤怒针对他而来了，在这种情况下，杀人者也会用同归于尽的方法杀死那人，虽然那人并未勾引他的妻子。因为对他来说，最重要的是如何解决自己已经无法忍受的愤怒，这是最为关键的。杀人在这个时候其实只是一种手段而已，在那个时候杀谁都一样。

陈河致江飘的信

我反复读你的信你的信让我明白了很多东西你实在是一个了不起的人太了不起了。我现在非常想见你我们通了那么多的信却一直没有见面我太想见你了。你能否在12月2日下午去峡谷咖啡馆在以前的位置上坐下来我也会去我们就在那地方见面。

江飘致陈河的信

我也十分乐意与你见面，你一定是一个很有趣的人，但12月2日下午我没空，我有一个约会。我们12月3日见面吧。就在峡谷咖啡馆。

1987年12月3日

窗外的天气苍白无力，有树叶飘飘而落。

"这天要下雪了。"

一个身穿灯芯绒夹克的男子坐在斜对面。他说。他的对座精神不振，眼神恍惚地看着一位女侍的腰，那腰在摆动。

"该下雪了。"

老板坐在柜台内侧，与香烟、咖啡、酒坐在一起，他望着窗外的景色，他的眼神无聊地瞟了出去。两位女侍站在他的右侧，目光同时来到这里，挑逗什么呢？这里什么也没有。一位女侍将目光移开，献给斜对面的邻座，她似乎得到了回报，她微微一笑，然后转回身去换了一盒磁带，《你为何不追求我》在"峡谷"里卖弄风骚。

"你好像不太习惯这里的气氛？"

"还好，这是什么曲子？"

邻座的两人在交谈。另一位女侍此刻向这里露出了媚笑，她总是这样也总是一无所获。别再去看她了，去看窗外吧，又有一片树叶飘落下来，有一个人走过去。

"你的信写得真好。"

"很荣幸。"

"你的信让我明白了很多东西。"

"你是不是病了，脸色很糟。"

老板侧过身去，他伸手按了一下录音机的按钮，女人的声音立刻终止。他换了一盒磁带。《吉米，来吧》。

"你干吗这么看着我。"

"峡谷"里出现了一声惨叫，女侍惊慌地捂住了嘴。穿灯芯绒夹克的男人倒在地上，胸口插着一把刀。

那个精神不振的男人从椅子上站起来，他走向老板。

"这儿有电话吗？"

老板呆若木鸡。

男人走出"峡谷"，他在门外站着，过了一会他喊道：

"警察，你过来。"

一九八九年十月三十日

一个地主的死

一

　　从前的时候，一位身穿黑色丝绸衣衫的地主，鹤发银须，他双手背在身后，走出砖瓦的宅院，慢悠悠地走在自己的田产上。在田里干活的农民见了，都恭敬地放好锄头，双手搁着木柄，叫上一声：

　　"老爷。"

　　当他走进城里，城里人都称他先生。这位有身份的男人，总是在夕阳西下时，神态庄重地从那幢有围墙的房屋里走出来，在晚风里让自己长长的白须飘飘而起。他朝村前一口粪缸走去时，隐约显露出仪式般的隆重。这位对自己心满意足的地主老爷，腰板挺直地走到粪缸旁，右手撩起衣衫一角，不慌不忙地转过身来，一脚踩在缸沿上，身体一腾就蹲在粪缸上了，然后解开裤带露出皱巴巴的屁股和两条青筋暴突的大腿，开始拉屎了。

其实他的床边就有一只便桶，但他更愿意像畜生一样在野外拉屎。太阳落山的情景和晚风吹拂或许有助于他良好的心情。这位年过花甲的地主，依然保持着年轻时的习惯，他不像那些农民坐在粪缸上，而是蹲在上面。只是人一老，粪便也老了。每当傍晚来临之时，村里人就将听到地主老爷哎哟哎哟的叫唤，他毕竟已不能像年轻时那样畅通无阻了。而且蹲在缸沿上的双腿也出现了不可抗拒的哆嗦。

地主三岁的孙女，穿着黑底红花的衣裤，扎着两根羊角辫子，使她的小脑袋显得怒气冲冲。她一摇一晃地走到地主身旁，好奇地看着他两条哆嗦的腿，随后问道：

"爷爷，你为什么动呀？"

地主微微一笑，说道："是风吹的。"

那时候，地主眯缝的眼睛看到远处的小道上出现了一个白色人影，落日的余晖大片大片地照射过来，使他的眼睛里出现了许多跳跃的彩色斑点。地主眨了眨眼睛，问孙女：

"那边走来的是不是你爹？"

孙女朝那边认真地看了一会，她的眼睛也被许多光点迷惑，一个细微的人影时隐时现，人影闪闪发亮，仿佛唾沫横飞。这情形使孙女咯咯而笑，她对爷爷说：

"他跳来跳去的。"

那边走来的正是地主的儿子，这位身穿白色丝绸衣衫的少爷,离家已有多日。此刻,地主已经能够确定走来的是谁了,他心想:这孽子又要钱了。

地主的儿媳端着便桶从远处的院子里走了出来,她将桶沿扣在腰间,一步一步挪动着走去。虽说走去的姿态有些臃肿,可她不紧不慢悠悠然的模样,让地主欣然而笑。他的孙女已离他而去,此刻站在稻田中间东张西望,她拿不定主意,是去迎接父亲呢,还是走到母亲那里。

这时候天上传来隆隆的声响,地主抬起眼睛,看到北边的云层下面飞来了一架飞机。地主眯起眼睛看着它越飞越近,依然看不出什么来。他就问近处一位提着镰刀同样张望的农妇:

"是青天白日吗?"

农妇听后打了一抖,说道:

"是太阳旗。"

是日本人的飞机。地主心想糟了,随即看到飞机下了两颗灰颜色的蛋,地主赶紧将身体往后一坐,整个人跌坐到了粪缸里。粪水哗啦溅起和炸弹的爆炸几乎是同时。在爆炸声里,地主的耳中出现了无数蜜蜂的鸣叫,一片扬起的尘土向他纷纷飘落。地主双眼紧闭,脑袋里嗡嗡直响。尽管如此,他仍然能够感受到粪水荡漾时的微波,脸上有一种痒滋滋的爬动,他睁开眼睛,将右手伸出粪水,看到手上有几条白色小虫,就挥了挥手将虫子甩去,此后才去捉脸上的小虫,一捏到小虫似乎就化了。粪缸里臭气十足,地主就让鼻子停止呼吸,把嘴巴张得很大。他觉得这样不错,就是脑袋还嗡嗡直响。好像有很多喊叫的人声,听上去很遥远,像是黑夜里远处的无数火把，闪来闪去的。地主微微仰起脑袋，天空呈现着黑暗前最后的蓝色，很深的蓝色。

　　地主在粪缸里一直坐到天色昏暗，他脑袋里的嗡嗡声逐渐减弱下去。他听到一个脚步在走过来，他知道是儿子，只有儿子的脚步才会这么无精打采。那位少爷走到粪缸旁，先是四处望望，然后看到了端坐于粪水之中的父亲，少爷歪了歪脑袋，说道：

　　"爹，都等着你吃饭呢。"

　　地主看看天空，问儿子：

　　"日本人走啦？"

　　"早走啦！快出来吧。"少爷转过身去嘟哝道，"这又不是澡堂。"

　　地主向儿子伸过去右手，说："拉我一把。"

　　少爷迟疑不决地看着父亲的手，虽然天色灰暗起来，他还是看到父亲满是粪水的手上爬着不少小白虫。少爷蹲下身去采了几张南瓜叶子给地主，说：

　　"你先擦一擦。"

　　地主接过新鲜的瓜叶，上面有一层粉状的白毛，擦在手中毛茸茸略略有些刺手，恍若羊毛在手上经过，瓜叶折断后滴出的青汁有一股在鼻孔里拉扯的气味。地主擦完后再次把手伸向儿子，少爷则是看一看，又去采了几张南瓜叶子，放在自己掌心，隔着瓜叶握住了父亲的手，使了使劲把他拉了出来。

　　粪水淋淋的地主抖了抖身体，在最初来到的月光里看着往前走去的儿子，心想：

这孽子。

二

城外安昌门外大财主王子清的公子王香火，此刻正坐在开顺酒楼上，酒楼里空空荡荡，只有一个花甲老头蜷缩在墙角昏昏欲睡，怀里抱着一把二胡。王香火的桌前放着三碟小菜，一把酒壶和一只酒盅。他双手插在棉衫袖管里，脑袋上扣一顶瓜皮帽，微闭着眼睛像是在打盹，其实他正看着窗外。

窗外阴雨绵绵，湿漉漉的街道上如同煮开的水一样一片跳跃，两旁屋檐上滴下的水珠又圆又亮。他的窗口对着西城门，城墙门洞里站着五个荷枪的日本兵，对每一个出城的人都搜身检查。这时有母女二人走了过去，她们撑着黄色的油布雨伞，在迷蒙的雨中很像开放的油菜花，亮闪闪的一片。母亲的手紧紧搂住小女孩的肩，然后那片油菜花，春天里的油菜花突然消失了，她们走入了城墙门洞，站在日本人的面前。一个日本兵友好地抚摸起小女孩的头发，另一个在女孩母亲身上又摸又捏，动作看上去像是给沸水烫过的鸡煺毛似的。雨在风中歪歪斜斜地抖动，使他难以看清那位被陌生之手侵扰的女人的不安。

王香火将眼睛稍稍抬高，这样的情景他已经看到很多次了。现在，他越过了城墙，看到了远处一片无际之水。雨似乎小起来，他感到间隙正在扩大，远处的景色犹如一块正在擦洗的玻璃，逐渐清晰。他都能够看到拦鱼的竹篱笆从水中一排排露出着，一条小船就从篱笆上压了过去，在水汽蒸腾的湖面上恍若一张残叶漂浮着。船上有三个细小的人影，船头一人似乎手握竹竿在探测湖底，接着他看到中间一人跃入水中，少顷那人露出水面，双手先是向船舱做了捽去的动作，而后才一翻身进入船舱。因为远，那人翻身的动作在王香火眼中简化成了滚动，这位冬天里的捕鱼人从水面滚入了船舱。

城门那里传来了喊叫之声，透过窗户来到了王香火的耳中，仿佛是某处宅院着火时的慌乱。两个日本兵架着一个商人模样的男子，冲到了街道中央，又立刻站定。男子脸对着王香火这边，他的两条胳膊被日本兵攮住，第三个日本兵端平了上刺刀的枪，朝着他的背脊哇哇大叫着冲上来。那男子毫无反应，也许他不知道背后的喊叫是死亡的召唤。王香火看到了他的身体像是被推了一把摇晃了两下，胸前突然生出了一把刺刀，他的眼睛在那一刻睁得滚圆，仿佛眼珠就要飞奔而出。那日本兵抬起一条腿，狠狠地向他踹去，趁他倒下时拔出了刺刀。他喷出的鲜血溅了那日本兵满满一脸，使得另两个日本兵又喊又笑，而那个日本兵则满不在乎地举臂高喊了几声，洋洋得意地回到城门下。

一双布鞋的声音走上楼来，五十开外的老板娘穿着粗布棉袄，脸上搽胭脂似的搽了一些灶灰。看着她粗壮走来的身体，王香火心想，难道日本人连她都不会放过？

老板娘说："王家少爷，赶紧回家吧。"

她在王香火对面斜着身子坐下从袖管里抽出一条粉色的手

帕，举到眼前，她抽泣道：

"我吓死啦。"

王香火注意到她是先擦眼睛，此后才有些许眼泪掉落出来。她落魄的容貌是精心打扮的，可她手举手帕的动作有些过分妖艳。那个在角落里打盹的老头咳嗽起来，接着站起身朝窗旁的两人看了一会，他似乎想说些什么，可是那两人头都没回，准备说话的嘴就变成了哈欠。

王香火说："雨停了。"

老板娘停止了抽泣，她仔细地抹了抹眼睛，将手帕又放回到袖管里。她看看窗下的日本兵，说道：

"好端端的生意被糟蹋了。"

王香火走出了开顺酒楼，在雨水流淌的街道上慢慢走去。刚才死去的男人还躺在那里，他的礼帽离他有几步远，礼帽里盛满了雨水。王香火没有看到流动的血，或许是被刚才的雨给冲走了。死者背脊上有一团杂乱的淡红色，有一些棉花翻了出来，又被雨点打扁了。王香火从他身旁绕了过去，走近了城门。

此刻，城墙门洞里只站着两个日本兵，扶枪看着他走近。王香火走到他们面前，取下瓜皮帽握在胸前，向其中一个鞠了一躬，接着又向另一个也鞠躬行礼。他看到两个日本兵高兴地笑了起来，一个还向他跷起了大拇指。他就从他们中间走了过去，免去了搜身一事。

城外那条道路被雨水浸泡了几日，泥泞不堪，看上去坑坑洼洼。王香火选择了道旁的青草往前走去，从而使自己的双脚不被烂泥困扰。青草又松又软，歪歪曲曲地追随着道路向远处延伸。天空黑云翻滚，笼罩着荒凉的土地。王香火双手插在袖管里，在初冬的寒风里低头而行，他的模样很像田野里那几棵丧失树叶的榆树，干巴巴地置身于一片阴沉之中。

那时候，前面一座尼姑庵前聚集了一队日本兵，他们截住了十来个过路的行人，让行人排成一行，站到路旁的水渠里，冰凉的泥水淹没到他们的膝盖，这些哆嗦的人已经难以分辨恐惧与寒冷。庵里的两个尼姑也在劫难逃，她们跪在庵前的一块空地上，两个兴致勃勃的日本兵用烂泥为她们还俗，将烂泥糊到她们光滑的头顶上，流得她们一脸都是泥浆，又顺着脖子流入衣内胸口。其他观看的日本兵狂笑着像是畜生们的嗥叫，他们前仰后合的模样仿佛一堆醉鬼已经神志不清。当王香火走近时，两个日本兵正努力给尼姑的前额搞出一些刘海来，可是泥水却总是顷刻之间就流淌而下。其中一个日本兵就去拔了一些青草，在泥的帮助下终于在尼姑的前额粘住了。

这是一队准备去松篁的日本兵。他们的恶作剧结束以后，一个指挥官模样的日本人和一个翻译官模样的中国人，走到了站立在水渠里的人面前，日本人挨个地看了一遍，又与中国人说了些什么。显然，他们是在挑选一位向导，使他们可以准确地走到松篁。

王香火走到他们面前，阴沉的天空也许正尽情吸收他们的狂笑，在王香火眼中更为突出的是他们手舞足蹈的姿态，那些空洞张开的嘴令他想起家中院内堆放的瓦罐。他取下了瓜皮帽，向日

58 |

本兵鞠躬行礼。他看到那个指挥官笑嘻嘻地走上几步，用鞭柄敲敲他的肩膀，转过身去对翻译官叽叽咕咕说了一遍。王香火听到了鸭子般的声音，日本人厚厚的嘴唇上下摆动的情形，加强了王香火的这一想法。

翻译官走上来说："你，带我们去松篁。"

三

这一年冬天来得早，还是十一月份的季节，地主家就用上炭盆了。王子清坐在羊皮铺就的太师椅里，两只手伸向微燃的炭火，神情悠然。屋外滴滴答答的雨水声和木炭的爆裂声融为一体，火星时时在他眼前飞舞，这情景令他感受着昏暗屋中细微的活跃。

雇工孙喜劈柴的声响阵阵传来，寒流来得过于突然，连木炭都尚未准备好。只得让孙喜在灶间先烧些木炭出来。

地主家三代的三个女人也都围着炭盆而坐，她们都穿上了厚厚的棉袄棉裤，穿了棉鞋的脚还踩在脚锣上，盛满的灶灰从锣盖的小孔散发出热量。即便如此，她们的身体依然紧缩着，仿佛是坐在呼啸的寒风之中。

地主的孙女对寒冷有些三心二意，她更关心的是手中的拨浪鼓，她怎么旋转都无法使那两个蚕豆似的鼓槌击中鼓面。稍一使劲拨浪鼓就脱手掉落了，她坐在椅子上探出脑袋看着地上的拨浪鼓，晃晃两条腿，觉得自己离地面远了一些，就伸手去拍拍她的母亲，那使劲的样子像是在拍打蚊虫。

灶间有一盆水浇到还在燃烧的木柴上，一片很响亮的哧哧声涌了过来，王子清听了感到精神微微一振，他就挪动了一下屁股，身体有一股舒适之感扩散开去。

孙喜提了一畚箕还在冒烟的木炭走了进来，他破烂的棉袄敞开着，露出胸前结实的皮肉，他满头大汗地走到这几个衣服像盔甲一样厚的人中间，将畚箕放到炭盆旁，在地主随手可以用火钳夹得住的地方。

王子清说道："孙喜呵，歇一会吧。"

孙喜直起身子，擦擦额上的汗说：

"是，老爷。"

地主太太数着手中的佛珠，微微抬起左脚，右脚将脚锣往前轻轻一推，对孙喜说：

"有些凉了，替我去换些灶灰来。"

孙喜赶紧哈腰将脚锣端到胸前，说一声：

"是，太太。"

地主的儿媳也想换一些灶灰，她的脚移动了一下没有做声，觉得自己和婆婆同时换有些不妥。

坐久了身架子有些酸疼，王子清便站了起来，慢慢踱到窗前，听着屋顶滴滴答答的雨声，心情有些沉闷。屋外的树木没有一片树叶，雨水在粗糙的树干上歪歪曲曲地流淌，王子清顺着往下看，看到地上的一丛青草都垂下了，旁边的泥土微微撮起。王子清听到了一声鼓响，然后是他的孙女咯咯而笑，她终于击中了鼓面。孙女清脆的笑声使他微微一笑。

日本人到城里的消息昨天就传来了，王子清心想：那孽子也该回来了。

四

"太君说，"翻译官告诉王香火，"你带我们到了松篁，会重重有赏。"

翻译官回过头去和指挥官叽叽咕咕说了一通。王香火将脸扭了扭，看到那些日本兵都在枪口上插了一枝白色的野花，有一挺机枪上插了一束白花。那些白色花朵在如烟般飘拂的黑云下微微摇晃，旷漠的田野使王香火轻轻吐出了一口气。

"太君问你，"翻译官戴白手套的手将王香火的脸拍拍正，"你能保证把我们带到松篁吗？"

翻译官是个北方人，他的嘴张开的时候总是先往右侧扭一下。他的鼻子很大，几乎没有鼻尖，那地方让王香火看到了大蒜的形状。

"你他娘的是哑巴！"

王香火的嘴被重重地打了一下，他的脑袋甩了甩，帽子也歪了。然后他开口道：

"我会说话。"

"你他娘的！"

翻译官狠狠地给了王香火一耳光，转回身去怒气十足地对指挥官说了一通鸭子般的话。王香火戴上瓜皮帽，双手插入袖管里，看着他们。指挥官走上几步，对他吼了一段日本话。然后退下几步，朝两个日本兵挥挥手。翻译官叫嚷道：

"你他娘的把手抽出来！"

王香火没有理睬他，而是看着走上来的两个日本兵，思忖着他们会干什么。一个日本兵朝他举起了枪托，他看到那朵白花摇摇欲坠。王香火左侧的肩膀遭受了猛烈一击，双腿一软跪到了地上，那朵白花也掉落到泥泞之中，白色的花瓣依旧张开着。可是另一个日本兵的皮鞋踩住了它。

王香火抬起眼睛，看到日本兵手中拿了一根稻秧一样粗的铁丝，两端磨得很尖。另一个日本兵矮壮的个子，似乎有很大的力气，一下子就把他在袖管里的两只手抽了出来，然后站到了他的身后，把他两只手叠到了一起。拿铁丝的日本兵朝他嘿嘿一笑，就将铁丝往他的手掌里刺去。

一股揪心的疼痛使王香火低下了头，把头歪在右侧肩膀上。疼痛异常明确，铁丝受到了手骨的阻碍，似乎让他听到了嗒嗒这样的声响。铁丝往上斜了斜总算越过了骨头，从右侧手掌穿出，又刺入了左侧手掌。王香火听到自己的牙齿激烈地碰撞起来。

铁丝穿过两个手掌之后，日本兵一脸的高兴，他把铁丝拉来拉去拉了一阵，王香火忍不住低声呻吟起来。他微睁的眼睛看到铁丝上如同油漆似的涂了一层血，血的颜色逐渐黑下去，最后和下面的烂泥无法分辨了。日本兵停止了拉动，开始将铁丝在他手上缠绕起来。过了一会，这个日本兵走开了，他听到了哗啦哗啦的声响，仿佛是日本兵的庆贺。他感到全身颤抖不已，手掌那地

　　　　　　　　　　　　　　│ 余华作品

方越来越烫，似乎在燃烧。眼前一片昏暗，他就将眼睛闭上。

可能是翻译官在对他吼叫，有一只脚在踢他，踢得不太重，他只是摇晃，没有倒下。他摇摇晃晃，犹如一条捕鱼的小船，在那水汽蒸腾的湖面上。

然后，他睁开眼睛，看清了翻译官的脸，他的头发被属于这张脸的手揪住了。翻译官对他吼道：

"你他娘的站起来！"

他身体斜了斜，站起来。现在他可以看清一切了，湿漉漉的田野在他们身后出现，日本兵的指挥官正对他叫嚷着什么，他就看看翻译官，翻译官说：

"快走。"

刚才滚烫的手被寒风一吹，升上了一股冰凉的疼痛。王香火低头看了看，手上有斑斑血迹，缠绕的铁丝看上去乱成一团。他用嘴咬住袖管往中间拉，直到袖管遮住了手掌。他感觉舒服多了，仿佛什么也没有发生，他的双手依旧插在袖管里。两个尼姑还跪在那里，她们泥浆横流的脸犹如两堵斑驳的墙，只有那四只眼睛是干净的，有依稀的光亮在闪耀，她们正看着他，他也怜悯地看着她们。水渠里站着的那排人还在哆嗦，后面有一个小土坡，坡上的草被雨水冲倒后露出了根须。

五

地主家的雇工孙喜，这天中午来到了李桥，他还是穿着那件破烂的棉袄，胸口敞开着，腰间系一根草绳，满脸尘土地走来。

他是在昨天离开的地方，听说押着王香火的日本兵到松篁去了。他抹了抹脸上沾满尘土的汗水，憨笑着问：

"到松篁怎么走？"

人家告诉他："你就先到李桥吧。"

阴雨几乎是和日本人同时过去的。孙喜走到李桥的时候，他右脚的草鞋带子断了，他就将两只草鞋都脱下来，插在腰间，光着脚丫噼噼啪啪走进了这个小集镇。

那时候镇子中央有一大群人围在一起哄笑和吆喝，这声音他很远就听到了，中间还夹杂着牲畜的叫唤。阳光使镇子上的土墙亮闪闪的，地上还是很潮湿，已经不再泥泞了，光脚踩在上面有些软，要不是碎石子硌脚，还真像是踩在稻草上面。

孙喜在那里站了一会，看看那团哄笑的人，又看看几个站在屋檐下穿花棉袄的女人，寻思着该向谁去打听少爷的下落。他慢吞吞地走到两堆人中间，发现那几个女人都斜眼看着他，他有些泄气，就往哄笑的男人堆里走去。

一个精瘦的男人正将一只公羊往一只母猪身上放，母猪趴在地上嗷嗷乱叫，公羊咩咩叫着爬上去时显得勉为其难。那男人一松手，公羊从母猪身上滑落在地，母猪就用头去拱它，公羊则用前蹄还击。那个精瘦的男人骂道：

"才入洞房就干架了，他娘的。"

另一个人说：

"把猪翻过来，让它四脚朝天，像女人一样侍候公羊。"

　　　　　　　　　　　　　　　　　　　　　　　| 余华作品

众人都纷纷附和，精瘦男人嘻嘻笑着说：

"行呵，只是弟兄们不能光看不动手呀。"

有四个穿着和孙喜一样破烂棉袄的男子，动手将母猪翻过来，母猪白茸茸的肚皮得到了阳光的照耀，明晃晃的一片。母猪也许过于严重地估计了自己的处境，四条粗壮的腿在一片嗷叫里胡蹬乱踢。那四个人只得跪在地上，使劲按住母猪的腿，像按住一个女人似的。精瘦的男人抱起了公羊，准备往母猪身上放，这会轮到公羊四蹄乱踢，一副誓死不往那白茸茸肚皮上压的模样。那男人吐了一口痰骂起来：

"给你一个胖乎乎的娘们，你他娘的还不想要。他奶奶的！"

又上去四个人像拉纤一样将公羊四条腿拉开，然后把公羊按到了母猪的肚皮上。两头牲畜发出了同样绝望的喊叫，嗷嗷乱叫和咩咩低吟。人群的笑声如同狂风般爆发了，经久不息。孙喜这时从后面挤到了前排，看到了两头牲畜脸贴脸的滑稽情景。

有一个人说道："别是头母羊。"

那精瘦的男子一听，立刻让人将公羊翻过来，一把捏住它的阳具，瞪着眼睛说：

"你小子看看，这是什么？这总不是奶子吧。"

孙喜这时开口了，他说：

"找不到地方。"

精瘦男子一下子没明白，他问：

"你说什么？"

"我说公羊找不到母猪那地方。"

粗瘦男子一拍脑门，茅塞顿开的样子，他说：

"你这话说到点子上去了。"

孙喜听到夸奖微微有些脸红，兴奋使他继续往下说：

"要是教教它就好了。"

"怎么教它？"

"牲畜那地方的气味差不多，先把羊鼻子牵到那里去嗅嗅，先让它认谁了。"

精瘦男人高兴地一拍手掌，说道：

"你小子看上去憨头憨脑的，想不到还有一肚皮传宗接代的学问。你是哪里人？"

"安昌门外的。"孙喜说，"王子清老爷家的，你们见过我家少爷了吗？"

"你家少爷？"精瘦男人摇摇头。

"说是被日本兵带到松篁去了。"

有一人告诉孙喜：

"你去问那个老太婆吧。日本兵来时我们都跑光了，只有她在。没准她还会告诉你日本兵怎么怎么地把她那地方睡得又红又肿。"

在一片嬉笑里，孙喜顺着那人手指看到了一位六十左右的老太太，正独自一人靠着土墙，在不远处晒太阳。孙喜就慢慢地走过去，他看到老太太双手插在袖管里，有一眼没一眼地看着他。孙喜努力使自己脸上堆满笑容，可是老太太的神色并不因此出现变化，散乱的头发下面是一张皱巴巴木然的脸。孙喜越走到她跟前，心里越不是滋味。好在老太太冷眼看了他一会后，先开口问他了：

"他们是在干什么？"

老太太眼睛朝那群人指一指。

"嗯——"孙喜说，"他们让羊和猪交配。"

老太太嘴巴一歪，似乎是不屑地说：

"一帮子骚货。"

孙喜赶紧点点头，然后问她：

"他们说你见过日本兵？"

"日本兵？"老太太听后愤恨地说，"日本兵比他们更骚。"

六

雨水在灰蒙蒙的空中飘来飘去，贴着脖子往里滴入，棉衫越来越重，身体热得微微发抖，皮肤像是涂了层糜烂的辣椒，仿佛燃烧一样，身上的关节正在隐隐作痛。

雨似乎快要结束了，王香火看到西侧的天空出现了惨淡的白色，眉毛可以接住头发上掉落的水珠。日本兵的皮鞋在烂泥里发出一片叽咕叽咕类似青蛙的叫声，他看到白色的泡沫从泥泞里翻滚出来。

翻译官说："喂，前面是什么地方？"

王香火眯起眼睛看看前面的集镇，他看到李桥在阴沉的天空下，像一座坟茔般耸立而起，在翻滚的黑云下面，缓慢地接近了他。

"喂。"

翻译官在他脑袋上重重地拍了一下，他晃了晃，然后才说：

"到李桥了。"

接着他听到了一段日本话，犹如水泡翻腾一样。日本兵都站住了脚，指挥官从皮包里拿出了一张地图，有几个士兵立刻脱下自己的大衣，用手张开为地图挡雨水。他们全都湿淋淋的，睁大眼睛望着他们的指挥官，指挥官收起地图吆喝了一声，他们立刻整齐地排成了一行，尽管疲乏依然劲头十足地朝李桥进发。

细雨笼罩的李桥以寂寞的姿态迎候他们，在这潮湿的冬天里，连一只麻雀都看不到。道路上留着胡乱的脚印和一条细长的车辙，显示了一场逃难在不久前曾经昙花一现。

后来，他们来到了一处较大的住宅，王香火认出是城里开丝绸作坊的马家的私宅。逃难发生得过于匆忙，客厅里一盆炭火还在微微燃烧。日本兵指挥官朝四处看看，发出了满意的叫唤，脱下湿淋淋的大衣后，躺到了太师椅子里，穿皮鞋的双脚舒服地搁在炭盆上。这使王香火闻到了一股奇怪的气味，他看到那双湿透的皮鞋出现了歪曲而上的蒸汽。指挥官向几个日本兵叽叽咕咕说了些什么，王香火听到了鞋后跟的碰撞，那几个日本兵走了出去。另外的日本兵依然站着，指挥官挥挥手说了句话，他们开始嬉笑着脱去大衣，围着炭火坐了下来。坐在指挥官身后的翻译官对王香火说：

"你也坐下吧。"

　　　　　　　　　　　　　　　　　　　　余华作品

王香火选择一个稍远一些的墙角，席地坐下。他闻到了一股腥臭的气息，与日本兵哗啦哗啦说话的声音一起盘旋在他身旁。手掌的疼痛由来已久，似乎和手掌同时诞生，王香火已经不是很在意了。他看到两处的袖口油腻腻的，这情景使他陷入艰难的回忆，他怎么也无法得到这为何会油腻的答案。

几个出去的日本兵押着一位年过六十的老太太走了进来，那指挥官立刻从太师椅里跳起，走到他们跟前，看了看那位老女人，接着勃然大怒，他嘹亮的嗓音似乎是在训斥手下的无能。一个日本兵站得笔直，哇哇说了一通。指挥官才稍稍息怒，又看看老太太，然后皱着眉转过头来向翻译官招招手，翻译官急匆匆地走了上去，对老太太说：

"太君问你，你有没有女儿或者孙女？"

老太太看了看墙角的王香火，摇了摇头说：

"我只有儿子。"

"镇上一个女人都没啦？"

"谁说没有。"老太太似乎是不满地看了翻译官一眼，"我又不是男的。"

"你他娘的算什么女人。"

翻译官骂了一声，转向指挥官说了一通。指挥官双眉紧皱，老太太皱巴巴的脸使他难以看上第二眼。他向两个日本兵挥挥手，两个日本兵立刻将老太太架到一张八仙桌上。被按在桌上后老太太哎哟哎哟叫了起来，她只是被弄疼了，她还不知道将要发生什么。

王香火看着一个日本兵用刺刀挑断了她的裤带，另一个将她的裤子剥了下来。露出了青筋暴突并且干瘦的腿，屁股和肚子出现了鼓出的皮肉。那身体的形状在王香火眼中像一只仰躺的昆虫。

现在，老太太知道自己面临了什么，当指挥官伸过去手指摸她的阴部时，她喉咙里滚出了一句骂人的话：

"不要脸啊！"

她看到了王香火，就对他诉苦道：

"我都六十三了，连我都要。"

老太太并没有表现得过于慌乱，当她感到自己早已丧失了抵抗，就放弃了愤怒和牢骚。她看着王香火，继续说：

"你是安昌门外王家的少爷吧？"

王香火看着她没有做声，她又说：

"我看着你有点像。"

日本兵指挥官对老太太的阴部显得大失所望，他哇哇吼了一通，然后举起鞭子朝老太太那过于松懈的地方抽去。

王香火看到她的身体猛地一抖，哎哟哎哟地喊叫起来。鞭子抽打上去时出现了呼呼的风声，噼噼啪啪的声响展示了她剧烈的疼痛。遭受突然打击的老太太竟然还使劲撑起脑袋，对指挥官喊：

"我都六十三岁啦。"

翻译官上去就是一巴掌，把她撑起的脑袋打落下去，骂道：

"不识抬举的老东西，太君在让你返老还童。"

苍老的女人在此后只能以呜呜的呻吟来表示她多么不幸。指挥官将她那地方抽打成红肿一片后才放下鞭子，他用手指试探一下，血肿形成的弹性让他深感满意。他解下自己的皮带，将裤子褪到大腿上，走上两步。这时他又哇哇大叫起来，一个日本兵赶紧将一面太阳旗盖住老太太令他扫兴的脸。

七

气喘吁吁的孙喜跑来告知王香火的近况之后，一种实实在在的不祥之兆如同阳光一样，照耀到了王子清油光闪亮的脑门上。地主站在台阶上，将一吊铜钱扔给了孙喜，对他说：

"你再去看看。"

孙喜捡起铜钱，向他哈哈腰说："是，老爷。"

看着孙喜又奔跑而去后，王子清低声骂了一句儿子：

"这孽子。"

地主的孽子作为一队日本兵的向导，将他们带到一个名叫竹林的地方后，改变了前往松篁的方向。王香火带着日本兵走向了孤山。孙喜带回的消息让王子清得知：当日本兵过去后，当地人开始拆桥了。孙喜告诉地主："是少爷吩咐干的。"

王子清听后全身一颤，他眼前晴朗的天空出现了花朵凋谢似的灰暗。他呆若木鸡地站立片刻，心想：这孽子要找死了。

孙喜离去后，地主依旧站立在石阶上，眺望远处起伏的山冈，也许是过于遥远，山冈看上去犹如浮云般虚无缥缈。连绵阴雨结束之后，冬天的晴朗依然散发着潮湿。

然后，地主走入屋中。他的太太和儿媳坐在那里以哭声迎候他，他在太师椅里坐下，看着两个抽泣的女人，她们都低着头，捏着手帕的一角擦眼泪，手帕的大部分都垂落到了胸前，她们泪流满腮，却拿着个小角去擦。这情形使地主微微摇头。她们呜呜的哭声长短不一，仿佛已在替他儿子守灵了。太太说：

　　"老爷，你可要想个办法呀。"

　　他的儿媳立刻以响亮的哭声表达对婆婆的声援。地主皱了皱眉，没有做声。太太继续说：

　　"他干吗要带他们去孤山呢？还要让人拆桥。让日本人知道了他怎么活呀。"

　　这位年老的女人显然缺乏对儿子真实处境的了解，她巨大的不安带有明显的盲目。她的儿媳对公公的镇静难以再视而不见了，她重复了婆婆的话：

　　"爹，你可要想个办法呀。"

　　地主听后叹息了一声，说道：

　　"不是我们救不救他，也不是日本人杀不杀他，是他自己不想活啦。"

　　地主停顿一下后又骂了一句：

　　"这孽子。"

　　两个女人立刻号啕大哭起来，凄厉的哭声使地主感到五脏六腑都受到了震动，他闭上眼睛，心想就让她们哭吧。这种时候和女人待在一起真是一件要命的事。地主努力使自己忘掉她们的哭声。

　　过了一会，地主感到有一只手慢慢摸到了他脸上，一只沾满

　　　　　　　　　　　　　　　　　　　　　　　| 余华作品

烂泥的手。他睁开眼睛看到孙女正满身泥巴地望着他。显然两个女人的哭泣使她不知所措，只有爷爷安然的神态吸引了她。地主睁开眼睛后，孙女咯咯笑起来，她说：

"我当你是死了呢。"

孙女愉快的神色令地主微微一笑，孙女看看两个哭泣的女人，问地主："她们在干什么呀？"

地主说："她们在哭。"

一座四人抬的轿子进了王家大院，地主的老友、城里开丝绸作坊的马老爷从轿中走出来，对站在门口的王子清作揖，说道：

"听说你家少爷的事，我就赶来了。"

地主笑脸相迎，连声说：

"请进，请进。"

听到有客人来到，两个女人立刻停止了呜咽，抬起通红的眼睛向进来的马家老爷露出一笑。客人落座后，关切地问地主：

"少爷怎么样了？"

"嗨——"地主摇摇头，说道，"日本人要他带着去松篁，他却把他们往孤山引，还吩咐别人拆桥。"

马老爷大吃一惊，脱口道：

"糊涂，糊涂，难道他不想活了？"

他的话使两个女人立刻又痛哭不已，王家太太哭着问：

"这可怎么办呀？"

马家老爷一脸窘相，他措手不及地看着地主。地主摆摆手，对他说：

"没什么，没什么。"

随后地主叹息一声，说道：

"你若想一日不得安宁，你就请客；若想一年不得安宁，那就盖屋；若要是一辈子不想安宁……"地主指指两个悲痛欲绝的女人，继续说，"那就娶妻生子。"

八

竹林这地方有一大半被水围住，陆路中断后，靠东南两侧木板铺成的两座长桥向松篁和孤山延伸。天空晴朗后，王香火带着日本兵来到了竹林。

王香火一路上与一股腥臭结伴而行，阳光的照耀使袖口显得越加油腻，身上被雨水浸湿的棉衫出现了发霉的气息。他感到双腿仿佛灌满棉花似的松软，跨出去的每一步都迟疑不决。现在，他终于看到那一片宽广之水了。深蓝荡漾的水波在阳光普照下，变成了一片闪光的黑暗。他深深地吸了一口气，冬天的水面犹如寺庙一尘不染的地面，干净而且透亮，露出水面的竹篱笆恍若一排排的水鸟，在那里凝望着波动的湖水。

地主的儿子将手臂稍稍抬起，用牙齿咬住油腻的袖口往两侧拉了拉。他看到了自己凄楚的手掌。缠绕的铁丝似乎粗了很多，上面爬满了白色的脓水。肿胀的手掌犹如猪蹄在酱油里浸泡过久时的模样，这哪还像是手。王香火轻轻呻吟一声，抬起头尽量远离这股浓烈的腥臭。他看到自己已经走进竹林了。

翻译官在后面喊：

"你他娘的给我站住！"

王香火回过身去，才发现那队日本兵已经散开了，除了几个端着枪警戒的，别的都脱下了大衣，开始拧水。指挥官在翻译官的陪同下，向站在一堵土墙旁的几个男子走去。

或许是来不及逃走，竹林这地方让王香火感到依然人口稠密。他看到几个孩子的脑袋在一堵墙后挨个地探出了一下，有一个老人在不远处犹犹豫豫地出现了。他继续去看指挥官走向那几个人，那几个男子全都向日本兵低头哈腰，日本兵的指挥官就用鞭柄去敲打他们的肩膀，表示友好，然后通过翻译官说起话来。

刚才那个犹豫不决的老人慢慢走近了王香火，胆怯地喊了一声："少爷。"

王香火仔细看了看，认出了是他家从前的雇工张七，前年才将他辞退。王香火便笑了笑，问他：

"你身子骨还好吧。"

"好，好。"老人说，"就是牙齿全没了。"

王香火又问："你现在替谁家干活？"

老人羞怯地一笑，有些难为情地说：

"没有啊，谁还会雇我？"

王香火听后又笑了笑。

老人看到王香火被铁丝绑住的手，眼睛便混浊起来，颤声问道：

"少爷，你是遭了哪辈子的灾啊？"

王香火看看不远处的日本兵，对张七说：

"他们要我带路去松篁。"

老人伸手擦了擦眼睛，王香火又说：

"张七，我好些日子没拉屎了，你替我解去裤带吧。"

老人立刻走上两步，将王香火的棉衫撩起来，又解了裤带，把他的裤子脱到大腿下面，然后说声：

"好了。"

王香火便擦着土墙蹲了下去，老人欣喜地对他说：

"少爷，从前我一直这么侍候你，没想到我还能再侍候你一次。"

说着，老人呜呜地哭了起来。王香火双眼紧闭，哼哼哈哈喊了一阵，才睁开眼睛对老人说：

"好啦。"

接着他翘起了屁股，老人立刻从地上捡了块碎瓦片，将滞留在屁眼上的屎仔细刮去。又替他穿好了裤子。

王香火直起腰，看到有两个女人被拖到了日本兵指挥官面前，有好几个日本兵围了上去。王香火对老人说：

"我不带他们去松篁，我把他们引到孤山去。张七，你去告诉沿途的人，等我过去后，就把桥拆掉。"

老人点点头，说：

"知道了，少爷。"

翻译官在那里大声叫骂他，王香火看了看张七，就走了过去。张七在后面说：

　　　　　　　　　　　　　余华作品

"少爷，回家后可要替张七向老爷请安。"

王香火听后苦笑一下，心想我是见不着爹了。他回头向张七点点头，又说：

"别忘了拆桥的事。"

张七向他弯弯腰，回答道：

"记住了，少爷。"

九

日本兵过去后一天，孙喜来到了竹林。这一天阳光明媚，风力也明显减小了，一些人聚在一家杂货小店前，或站或坐地晒着太阳聊天。小店老板是个四十来岁的男子，站在柜台内。街道对面躺着一个死去的男人，衣衫褴褛，看上去上了年纪了。小店老板说：

"日本人来之前他就死了。"

另一个人同意他的说法，应声道：

"是啊，我亲眼看到一个日本兵走过去踢踢他，他动都没动。"

孙喜走到了他们中间，挨个地看了看，也在墙旁蹲了下去。小店老板向那广阔的湖水指了指说道：

"干这一行的，年轻时都很阔气。"

他又指了指对面死去的老人，继续说：

"他年轻时每天都到这里来买酒，那时我爹还活着，他从口袋里随便一摸，就抓出一大把铜钱，'啪'地拍在柜台上，那气派——"

孙喜看到湖面上有一叶小船，船上有三个人，船后一人摇船，船前一人用一根长长的竹竿探测湖底。冬天一到，鱼都躲到湖底深潭里去了。那握竹竿的显然探测到了一个深潭，便指示船后一人停稳了。中间那赤膊的男子就站起来，仰脸喝了几口白酒后，纵身跃入水中。有一人说道：

"眼下这季节，鱼价都快赶上人参了。"

"兄弟，"老板看看他说，"这可是损命的钱，不好挣。"

又有人附和："年轻有力气还行，年纪一大就不行啦。"

在一旁给小店老板娘剪头发的剃头师傅这时也开口了，他说：

"年轻也不一定行，常有潜水到了深潭里就出不来的事。潭越深，里面的蚌也越大。常常是还没摸着鱼，手先伸进了张开的蚌壳，蚌壳一合拢夹住手，人就出不来了。"

小店老板频频点头。众人都往湖面上看，看看那个冬天里的捕鱼人是否也会被蚌夹住。那条小船在水上微微摇晃，船头那人握着竹竿似乎在朝这里张望，竹竿的大部分都浸在水中。另一人不停地摆动双桨，将船固定在原处。那捕鱼人终于跃出了水面，他将手中的鱼摔进了船舱，白色的鱼肚在阳光里闪耀了几下，然后他撑着船舷爬了上去。

众人逐个地回过头来，继续看着对面死去的捕鱼人。老人躺在一堵墙下面，脸朝上，身体歪曲着，一条右腿撑得很开，看上去裤裆那地方很开阔。死者身上只有一套单衣，千疮百孔的样子。

"肯定是冻死的。"有人说。

剃头的男人给小店老板娘洗过头以后，将一盆水泼了出去。

　　　　　　　　　　　　　　　　　　　　余华作品

他说：

"干什么都要有手艺，种庄稼要手艺，剃头要手艺，手艺就是饭碗。有手艺，人老了也有饭碗。"

他从胸前口袋里取出一把梳子，麻利地给那位女顾客梳头，另一只手在头发末梢不停地挤捏着，将水珠甩到一旁。两只手配合得恰到好处。其间还用梳子迅速地指指死者。

"他吃的亏就是没有手艺。"

小店老板微微不悦，他抬了抬下巴，慢条斯理地说：

"这也不一定，没手艺的人更能挣钱，开工厂，当老板，做大官，都能挣钱。"

剃头的男人将木梳放回胸前的口袋，换出了一把掏耳朵的银制小长勺。他说：

"当老板，也要有手艺，比如先生你，什么时候进什么货，进多少，就是手艺，行情也是手艺。"

小店老板露出了笑容，他点点头说：

"这倒也是。"

孙喜定睛看着坐在椅子里的老板娘，她懒洋洋极其舒服地坐着，闭着双眼，阳光在她身上闪亮，她的胸脯高高突起。剃头男子正给她掏耳屎，他的另一只手不失时机地在她脸上完成了一些小动作。她仿佛睡着似的没有反应。一个人说：

"她也是没手艺的吧。"

孙喜看着斜对面屋里出来了一个浓妆艳抹的女人，扭着略胖的身体倚靠在一棵没有树叶的树上，看着这里。众人嘻嘻笑起来，有人说：

"谁说没有，她的手艺藏在裤子里。"

剃头男子回头看了一眼，嘿嘿笑了起来，说道：

"那是侍候男人的手艺，也不容易呵。那手艺全在躺下这上面，不能躺得太平，要躺得曲，躺得歪。"

湖面上那小船靠到了岸边，那位冬天里的捕鱼人纵身跳到岸上，敞着胸膛噔噔地走了过来，下身只穿一条湿漉漉的短裤衩，两条黑黝黝的腿上的肌肉一抖一抖的。他的脸和胸膛是古铜色的，径直走到小店里，手伸进衣袋抓出一把铜钱拍在柜台上，对老板说：

"要一瓶白酒。"

老板给他拿了一瓶白酒，然后在一堆铜钱里拿了四个，他又一把将铜钱抓回到口袋里，噔噔地走向湖边的小船。他一步就跨进了船里，小船出现了剧烈的摇晃，他两条腿踩了踩，船逐渐平稳下来。那根竹竿将船撑离了岸边，慢慢离去，那人依旧站着仰脖喝了几口酒。

小船远去后，众人都回过头来，继续议论那个死去了的捕鱼人。小店老板说：

"他年轻时在这一行里，是数一数二的。年纪一大就全完了，死了连个替他收尸的人都没有。"

有人说："就是那身衣服也没人要。"

剃头的男子仍在给小店老板娘掏耳屎，孙喜看到他的手不时地在女人突起的胸前捏一把，伴睡的女人露出了微微笑意。这情景让孙喜看得血往上涌，对面那个妖艳的女人靠着树干的模样叫孙喜难以再坐着不动了。他的手在口袋里把老爷的赏钱摸来摸去。然后就站起来走到那女人面前。那个女人歪着身体打量着孙喜，对他说：

"你干什么呀？"

孙喜嘻嘻一笑，说道："这西北风呼呼的，吹得我直哆嗦。大姐行行好，替我暖暖身子吧。"

女人斜了他一眼，问：

"你有钱吗？"

孙喜提着口袋边摇了摇，铜钱碰撞的声音使他颇为得意，他说："听到了吗？"

女人不屑地说：

"尽是些铜货。"她拍拍自己的大腿，"要想叫我侍候你，拿一块银元来。"

"一块银元？"孙喜叫道，"我都可以娶个女人睡一辈子了。"

女人伸手往墙上指一指，说道：

"你看看这是什么？"

孙喜看后说："是洞嘛。"

"那是子弹打的。"女人神气十足地吊了吊眉毛，"我他娘的冒死侍候你们这些男人，你们还净想拿些铜货来搪塞我。"

孙喜将口袋翻出来，把所有铜钱捧在掌心，对她说：

"我只有这些钱。"

女人伸出食指隔得很远点了点，说：

"才只有一半的钱。"

孙喜开导她说：

"大姐，你闲着也是闲着，还不如把这钱挣了。"

"放屁。"女人说，"我宁愿它烂掉，也不能少一个子儿。"

孙喜顿顿足说道："行啦，我也不想捡你的便宜，我就进来半截吧。一半的钱进来半截，也算公道吧。"

女人想一想，也行。就转身走入屋内，脱掉裤子在床上躺下，叉开两条腿后看到孙喜在东张西望，就喊道：

"你他娘的快点。"

孙喜赶紧脱了裤子爬上去，生怕她又改变主意了。孙喜一进去，女人就拍着他的肩膀喊起来：

"喂、喂，你不是说进来半截吗？"

孙喜嘿嘿一笑，说道：

"我说的是后半截。"

十

持续晴朗的天气让王子清感到应该出去走走了，自从儿子被日本兵带走之后家中两个担惊受怕的女人整日哭哭啼啼，使他难以得到安宁。那天送城里马家老爷出门后，地主摇摇头说：

"我能不愁吗？"他指指屋中哭泣的女人，"可她们是让我愁上加愁。"

地主先前常去的地方，是城里的兴隆茶店。那茶店楼上有丝

　　　　　　　　　　　　　　　　余华作品

绣的屏风，红木的桌椅，窗台上一尘不染。可以眺望远处深蓝的湖水。这是有身份的人去的茶店，地主能在那儿找到趣味相投的人。眼下日本兵占领了城里，地主想了想，觉得还是换个地方为好。

王子清在冬天温和的阳光里，戴着呢料的礼帽，身穿丝绵的长衫，拄着拐杖向安昌门走去。一路上他不停地用拐杖敲打松软的路面，路旁被踩倒的青草，天晴之后沾满泥巴重新挺立起来。很久没有出门的王子清，呼吸着冬天里冰凉的空气，看着虽然荒凉却仍然广阔的田野，那皱纹交错的脸逐渐舒展开来。

前些日子安昌门驻扎过日本兵，这两天又撤走了。那里也有一家不错的茶店，是王子清能够找到的最近一家茶店。

王子清走进茶店，一眼就看到了他在兴隆茶店的几个老友，这都是城里最有钱的人。此刻，他们围坐在屋角的一张茶桌上，邻桌的什么人都有，也没有屏风给他们遮挡，他们依然眉开眼笑地端坐于一片嘈杂之中。

马家老爷最先看到王子清，连声说：

"齐了，齐了。"

王子清向各位作揖，也说：

"齐了，齐了。"

城里兴隆茶店的茶友意外地在安昌门的茶店里凑齐了。马老爷说：

"原本是想打发人来请你，只是你家少爷的事，就不好打扰了。"

王子清立刻说：

"多谢，多谢。"

有一人将身子探到桌子中央，问王子清：

"少爷怎么样了？"

王子清摆摆手，说道：

"别提了，别提了。那孽子是自食苦果。"

王子清坐下后，一伙计左手捏着紫砂壶和茶盅，右手提着铜水壶走过来，将紫砂壶一搁，掀开盖，铜水壶高过王子清头顶，沸水浇入紫砂壶中，热气向四周蒸腾开去。其间伙计将浇下的水中断了三次，以示对顾客有礼，竟然没有一滴洒出紫砂壶外。王子清十分满意，他连声说：

"利索，利索。"

马老爷接过去说：

"茶店稍稍寒酸了些，伙计还是身手不凡。"

坐在王子清右侧的是城里学校的校长，戴着金丝眼镜的校长说：

"兴隆茶店身手最快最稳的要数戚老三，听说他挨了日本人一枪，半个脑袋飞走了。"

另一人纠正道：

"没打在脑袋上，说是把心窝打穿了。"

"一样，一样。"马老爷说，"打什么地方都还能喘口气，打在脑袋和心窝上，别说是喘气了，眨眼都来不及。"

王子清两根手指执起茶盅喝了一口说：

"死得好，这样死最好。"

校长点头表示同意，他抹了抹嘴说：

"城南的张先生被日本人打断了两条腿……"

有人问：

"哪个张先生？"

"就是测字算命的那位。打断了腿，没法走路，他知道自己要死了，血从腿上往外流，哭得那个伤心啊。知道自己要死了是最倒霉的。"

马老爷笑了笑，说道：

"是这样。我家一个雇工还走过去问他：你怎么知道你要死了？他呜呜地说：我是算命的呀。"

有一人认真地点点头，说：

"他是算命的，他说自己要死了，肯定会死。"

校长继续往下说：

"他死的时候吓得直哆嗦，哭倒是不哭了，人缩得很小，睁圆眼睛看着别人，他身上臭烘烘的，屎都拉到裤子上了。"

王子清摇摇头，说：

"死得惨，这样死最惨。"

一个走江湖的男子走到他们跟前，向他们弯弯腰，从口袋里拿出一沓合拢的红纸，对他们说：

"诸位都是人上人，我这里全是祖传秘方，想发财，想戒酒，想干什么只要一看这秘方就能办到。两个铜钱就可换一份秘方。诸位，两个铜钱，你们拿着嫌碍手，放着嫌碍眼，不如丢给我换一份秘方。"

马老爷问："有些什么秘方？"

走江湖的男子低头翻弄那些秘方，嘴里说道：

"诸位都是有钱人，对发财怕是没兴趣。这有戒酒的，有壮阳的……"

"慢着。"马老爷丢过去两个铜板说，"我就要发财的秘方。"

走江湖的便给了他一份发财秘方，马老爷展开一看，露出神秘一笑后就将红纸收起，惹得旁人面面相对，不知他看到了什么。

走江湖的继续说：

"花无百日红，人无百年好。人生一世难免有伤心烦恼之事。伤心烦恼会让人日日消瘦，食无味睡不着，到头来恐怕性命难保。不要紧，我这里就有专治伤心烦恼的秘方，诸位为何不给自己留着一份？"

王子清把两个铜钱放在茶桌上，说：

"给我一份。"

接过秘方，王子清展开一看，上面只写着两个字——别想。王子清不禁微微一笑，继而又叹息一声。

这时，马家老爷取出了发财的秘方，向旁人展示，王子清同样也只看到两个字——勤劳。

十一

青草一直爬进了水里，从岸边出发时显得杂乱无章，可是一进入水中它就舒展开来，每一根都张开着，在这冬天碧清的湖水

余华作品

里摇晃，犹如微风吹拂中的情景。冬天的湖水里清澈透明，就像睡眠一样安静，没有蝌蚪与青蛙的喧哗，水只是荡漾着，波浪布满了湖面，恍若一排排鱼鳞在阳光下发出跳跃的闪光。于是，王香火看到了光芒在波动，阳光在湖面上转化成了浪的形状，它的掀动仿佛是呼吸正在进行。看不到一只船影，湖面干净得像是没有云彩的天空，那些竹篱笆在水面上无所事事，它们钻出水面只是为了眺望远处的景色，看上去它们都伸长了脖子。

　　已经走过了最后的一座桥，那些木桥即将溃烂，过久的风吹雨淋使它们被踩着时发出某种水泡冒出的声响，这是衰落的声响，它们丧失了清脆的响声，将它们扔入水中，它们的命运会和石子一样沉没，即便能够浮起来，也只是昙花一现。

　　王香火疑惑地望着支撑它们的桥桩，这些在水里浸泡多年的木桩又能支持多久？这座漫长的木桥通向对岸，显示了鸡蛋般的弧形，那是为了抵挡缓和浪的冲击。

　　对岸在远处展开，逆光使王香火看不清那张开的堤岸，但他看到了房屋，房屋仿佛漂浮在水面上，它们在强烈的照耀中反而显得暗淡无光。似乎有些人影在那里隐约出现，犹如蚂蚁般汇聚到一起。日本兵一个一个从地上站起来，拍打身上的尘土，指挥官吆喝了一声，这些日本兵慌乱排成了两队，将枪端在了手上。翻译官问王香火：

　　"到松篁还有多远？"

　　到不了松篁了，王香火心想。现在，他已经实实在在地站在孤山的泥土上，这四面环水的孤山将是结束的开始，唯有这座长长的木桥，可以改变一切。但是不久之后，这座木桥也将消失。
他说：

"快到了。"

翻译官和日本兵指挥官说了一阵，然后对王香火说：

"太君说很好，你带我们到松篁后重重有赏。"

王香火微低着头，从两队日本兵身旁走过去，那些因为年轻
而显得精神抖擞的脸沾满了尘土，连日的奔波并没有使他们无精
打采，他们无知的神态使王香火内心涌上一股怜悯。他走到了前面，
走上了一条可以离开水的小路。

这里的路也许因为人迹稀少，显得十分平坦，完全没有雨后
众多脚印留下的坎坷。他听到身后那种训练有素的脚步声，就像
众多螃蟹爬上岸来一样"沙沙"作响，尘土扬起来了，黄色的尘
土向两旁飘扬而起。那些冬天里枯萎了的树木，露出仿佛布满伤
疤的枝丫，向他们伸出，似乎是求救，同时又是指责。

路的弯曲毫无道理，它并没有遭受阻碍，可它偏偏要从几棵
树后绕过去。茂密的草都快摸到膝盖了，它们杂乱地纠缠到一起，
互相在对方身上成长，冬天的萧条使它们微微泛黄，丧失了光泽
的杂草看上去更让人感到是胡乱一片。

王香火此刻的走去已经没有目标，只要路还在延伸，他就继
续往前走，四周是那样的寂静，听不到任何来到的声音，只有日
本兵整齐的脚步和他们偶尔的低语。他抬头看了看天空，天空进
入了下午，云层变得稀薄，阳光使周围的蓝色淡到了难以分辨，
连一只鸟都看不到，什么都没有。

后来，他们站住了脚，路在一间茅屋前突然终止。低矮的茅屋像是趴在地上，屋檐处垂落的茅草都接近了泥土。两个端着枪的日本兵走上去，抬脚踹开了屋门。王香火看到了另一扇门，在里面的墙壁上。这一次日本兵是用手拉开了门，于是刚才中断的路在那一扇门外又开始了。

翻译官说："这他娘的是什么地方？"

王香火没有答理，他穿过茅屋走上了那条路。日本兵习惯地跟上了他，翻译官左右看看，满腹狐疑地说：

"怎么越走越不对劲？"

过了一会，他们又走到了湖边，王香火站立片刻，确定该往右侧走去，这样就可以重新走回到那座木桥边。

王香火又见到岸边的青草爬入湖水后的情景，湖面出现了一片阴沉，仿佛黑夜来临之时，而远处的湖水依然呈现阳光下的灿烂景色。是云层托住了阳光，云层的边缘犹如树叶一般，出现了耀目的闪光。

他听到身后一个日本兵吹起了口哨，起先是随随便便吹了几声，而后一支略为激昂的小调突然来到，向着阴沉的湖面扩散。王香火不禁回头张望了一下，看了看那个吹口哨的日本兵，那张满是尘土的脸表情凝重。年轻的日本兵边走边看着湖水，他并不知道自己吹出了家乡的小调。逐渐有别的日本兵应声哼唱起来，显然他们也不知道自己的哼唱。这支行走了多日的队伍，第一次让王香火没有听到那"沙沙"的脚步声，汇合而成的低沉激昂的歌声，恍若手掌一样从后面推着王香火。

现在，王香火远远看到了那座被拆毁的木桥，它置身于一片阴沉之中，断断续续，像是横在溪流中的一排乱石。有十多条小船在湖面上漂浮，王香火听到了橹声，极其细微地飘入他耳中，就像一根丝线穿过针眼。

身后的日本兵哇哇叫喊起来，他们开始向小船射击，小船摇摇晃晃爬向岸边，如同杂草一样乱成一片。枪击葬送了船橹的声音，看着宽阔湖面上断裂的木桥，王香火凄凉地笑了笑。

十二

孙喜来到孤山对岸的时候，那片遮住阳光的云彩刚好移过来，明亮的湖面顿时阴暗下来，对岸的孤山看上去像只脚盆浮在水上。

当地的人开始在拆桥了，十多条小船横在那些木桩前，他们举着斧子往桥墩和桥梁上砍去，那些年长日久的木头在他们砍去时，折断的声音都是沉闷的。孙喜看到一个用力过猛的人，脆弱的桥梁断掉后，人扑空似的掉落水中，溅起的水珠犹如爆炸一般四处飞射。那人从水里挣扎而出，大喊：

"冻死我啦！"

近处的一条船摇了过去，把他拉上来，他裹紧湿淋淋的棉袄仿佛哭泣似的抖动不已。另一条船上的人向他喊：

"脱掉，赶紧脱掉。"

他则东张西望了一阵，一副担惊受怕的模样。他身旁一人把他抱住的双手拉开，将他的棉袄脱了下来，用白酒洒到他身上。他就直挺挺地站立在摇晃的小船上，温顺地让别人摆布他。他们用白酒擦他的身体。

这情景让孙喜觉得十分有趣，他看着这群乱糟糟的人，在湖上像砍柴一样砍着木桥。有两条船都快接近对岸了，他们在那边举斧砍桥。这里的人向他们拼命喊叫，让他们马上回来。那边船上的人则朝这里招手，要让他们也过去，喊道：

"你们过来！"

孙喜听到离他最近一条船上的人在说：

"要是他们把船丢给日本人，我们全得去见祖宗。"

有一个人喊起来了，嗓门又尖又细，像个女人，他喊：

"日本人来啦！"

那两条船上的人慌乱起来，掉转船头时撞到了一起，而后拼命地划了过来，船在水里剧烈地摇晃，似乎随时都会翻转过去。待他们来到跟前，这里的人哈哈大笑。他们回头张望了片刻，才知道上当，便骂道：

"他娘的，把我们当女人骗了。"

孙喜笑了笑，朝他们喊：

"喂，我家少爷过去了吗？"

没有人答理他。桥已经断裂了，残木在水中漂开去，时沉时浮，仿佛是被洪水冲垮的。孙喜又喊了一声，这时有一人向他转过脸来问他：

"喂，你是在问谁？"

"问你也行。"孙喜说，"我家少爷过去了吗？"

"你家少爷是谁？"

"安昌门外的王家少爷。"

"噢——"那人挥挥手，"过去啦。"

孙喜心想我可以回去禀报了，就转身朝右边的大路走去。那人喊住他：

"喂，你往哪里走？"

"我回家呀。"孙喜回答，"去洪家桥，再去竹林。"

"拆掉啦。"那人笑了起来，"那边的桥拆掉啦。"

"拆掉了？"

"不就是你家少爷让我们拆的吗？"

孙喜怒气冲冲喊起来：

"那我他娘的怎么办？"

另一个笑着说：

"问你家少爷去吧。"

还是原先那人对他说：

"你去百元看看，兴许那边的桥还没拆。"

孙喜赶紧走上左侧的路，向百元跑去。这天下午，当地主家的雇工跑到百元时，那里的桥刚刚拆掉，几条小船正向西划去。孙喜急得拼命朝他们喊：

"喂，我怎么过去？"

那几条小船已经划远了，孙喜喊了几声没人管理，就在岸边奔跑起来，追赶那几条船。因为顺水船划得很快，孙喜破口大骂：

余华作品

"乌龟王八蛋，慢点！狗娘养的，慢点！老子跑不动啦。"

后来，孙喜追上了他们，在岸边喘着粗气向他们喊：

"大哥，几位大哥，行行好吧，给兄弟摆个渡。"

船上的人问他：

"你要去哪里？"

"我回家，回安昌门。"

"你走冤路啦，你该去洪家桥才对。"

孙喜费劲地吞了一口口水，说：

"那边的桥拆掉了，大哥，行行好吧。"

船上的人对他说："你还是往前跑吧，前面不远有一座桥，我们正要去拆。"

孙喜一听前面有一座桥，立刻又撒腿跑开了，心想这次一定要抢在这些王八羔子前面。跑了没多久，果然看到前面有一座桥，再看看那几条船，已被他甩在了后面。他就放慢脚步，向桥走了过去。

他走到桥中间时，站了一会，看着那几条船划近，然后才慢吞吞地走到对岸，这下他彻底放心了，便在草坡上坐下来休息。

那几条船划到桥下，几个人站起来用斧子砍桥桩。一个使橹的人看了一眼孙喜，叫道：

"你怎么还不走？"

孙喜心想现在我爱干什么就干什么，他正要这么说，那人告诉他：

"你快跑吧，这里去松篁的桥也快要拆掉了，还有松篁去竹林的桥，你还不跑？"

还要拆桥？孙喜吓得赶紧跳起来，撒开腿像一条疯狗似的跑远了。

十三

地主站在屋前的台阶上，手里捏着一串铜钱，他感到孙喜应该来了。

此刻，傍晚正在来临，落日的光芒通红一片，使冬天出现了暖意。王子清让目光越过院墙，望着一条微微歪曲的小路，路的尽头有一片晚霞在慢慢浮动，一个人影正从那里跑来，孙喜卖力的跑动，使地主满意地点点头。

他知道屋中两个悲伤的女人此刻正望着他，她们急切地盼着孙喜来到，好知道那孽子是活是死。她们总算知道哭泣是一件劳累的事了，她们的眼泪只是为自己而流。现在她们不再整日痛哭流涕，算是给了他些许安宁。

孙喜大汗淋漓地跑了进来，他原本是准备先向水缸跑去，可看到地主站在面前，不禁迟疑了一下，只得先向地主禀报了。他刚要开口，地主摆了摆手，说道：

"去喝几口水吧。"

孙喜赶紧到水缸前，咕噜咕噜灌了两瓢水，随后抹抹嘴喘着气说：

"老爷，没桥了。少爷把他们带到了孤山，桥都拆掉了，从竹林出去的桥都拆掉了。"

他向地主咧咧嘴，继续说：

"我差点就回不来了。"

地主微微抬起了头，脸上毫无表情，他重又看起了那条小路。身后爆发了女人喊叫般的哭声，哗啦哗啦犹如无数盆水那样从门里倒出来。

孙喜不知所措地站在那里，眼睛盯着地主手里的铜钱，心想怎么还不把赏钱扔过来，他就提醒地主：

"老爷，我再去打听打听吧。"

地主摇摇头，说：

"不用了。"

说着，地主将铜钱放回口袋，他对大失所望的雇工说：

"孙喜，你也该回家了，你就扛一袋米回去吧。"

孙喜立刻从地主身旁走入屋内，两个女人此刻同时出来，对地主叫道：

"你再让孙喜去打听打听吧。"

地主摆摆手，对她们说：

"不必了。"

孙喜扛了一袋米出来，将米绑在扁担的一端，往肩上试了试，又放下。他说：

"老爷，一头重啦。"

地主微微一笑，说：

"你再去拿一袋吧。"

孙喜哈哈腰说道：

"谢了，老爷。"

十四

"你们到不了松篁了。"王香火看着那些小船在湖面上消失，
转过身来对翻译官说，"这地方是孤山，所有的桥都拆掉了，你
们一个也出不去。"

翻译官惊慌失措地喊叫起来，王香火看到他挥拳准备朝自己
打来，可他更急迫的是向日本兵指挥官叽里呱啦报告。

那些年轻的日本兵出现了惊愕的神色，他们的脸转向宽阔的
湖水，对自己身陷绝境显得难以置信。后来一个算是醒悟了的日
本兵端起刺刀，哇哇大叫着冲向王香火，他的愤怒点燃了别人的
仇恨，立刻几乎所有的日本兵都端上刺刀大叫着冲向王香火。指
挥官吆喝了一声后，日本兵迅速收起刺刀挺立在那里。指挥官走
到王香火面前，举起拳头哇哇咆哮起来，他的拳头在王香火眼前
挥舞了好一阵，才狠狠地打出一拳。

王香火没有后退就摔倒在地，翻译官走上去使劲地踢了他几
脚，叫道：

"起来，带我们去松篁。"

王香火用胳膊肘撑起身体，站了起来。翻译官继续说：

"太君说，你想活命就带我们去松篁。"

王香火摇了摇头说：

"去不了松篁了，所有的桥都拆掉了。"

翻译官给了王香火一耳光，王香火的脑袋摇摆了几下，翻译官说：

"你他娘的不想活啦。"

王香火听后低下了头，喃喃地说：

"你们也活不了。"

翻译官脸色惨白起来，他向指挥官说话时有些结结巴巴。日本兵指挥官似乎仍然没有意识到自己的困境，他让翻译官告诉王香火，要立刻把他们带离这里。王香火对翻译官说：

"你们把我杀了吧。"

王香火看着微微波动的湖水，对翻译官说：

"就是会游泳也不会活着出去，游到中间就会冻死。你们把我杀了吧。"

翻译官向指挥官说了一通，那些日本兵的脸上出现了慌张的神色，他们都看着自己的指挥官，把自己的命运交给这个和他们一样不知所措的人。

站在一旁的王香火又对翻译官说：

"你告诉他们，就是能够到对岸也活不了，附近所有的桥都拆掉了。"

然后他笑了笑，似乎有些不好意思地说：

"是我让他们拆的。"

于是那队年轻的日本兵咆哮起来，他们一个个端上了刺刀，他们满身的泥土让王香火突然有些悲哀，他看到的仿佛只是一群孩子而已。指挥官向他们挥了挥手，又说了一些什么，两个日本兵走上去，将王香火拖到一棵枯树前，然后用枪托猛击王香火的肩膀，让他靠在树上，王香火疼得直咧嘴。他歪着脑袋看到两个日本兵在商量着什么，另外的日本兵都在望着宽阔的湖水，看上去忧心忡忡的，他们毫不关心这里正在进行的事。他看到两个日本兵排成一行，将刺刀端平走了上来。阳光突然来到了，一片令人目眩的光芒使眼前的一切灿烂明亮，一个日本兵端着枪在地上坐了下去，他脱下了大衣放到膝盖上，然后低下了头，另一个日本兵走上去拍拍他瘦弱的肩膀，他没有动，那人也就在他身旁站着不动了。

端着刺刀的两个日本兵走到五六米远处站住脚，其中一个回头看看指挥官，指挥官正和翻译官在说话。他就回头和身旁的日本兵说了句什么。王香火看到有几个日本兵脱下帽子擦起了脸上的尘土，湖面上那座破碎不堪的断桥也出现了闪光。

那两个日本兵哇哇叫着冲向王香火，这一刻有几个日本兵回头望着他了。他看到两把闪亮的刺刀仿佛从日本兵下巴里长出来一样，冲向了自己。随即刺入了胸口和腹部，他感到刺刀在体内转了一圈，然后又拔了出来。似乎是内脏被挖了出来，王香火沙哑地喊了一声：

"爹啊，疼死我了。"

他的身体贴着树木滑到地上，扭曲着死在血泊之中。

日本兵指挥官喊叫了一声，那些日本兵立刻集合到一起，排成两队。指挥官挥了一下手，他们"沙沙"地走了起来。中间一人用口哨吹起了那支小调，所有的人都低声唱了起来。这支即将要死去的队伍，在傍晚来到之时，唱着家乡的歌曲，走在异国的土地上。

十五

孙喜挑着两袋大米"吱呀吱呀"走后，王子清慢慢走出院子，双手背在身后，在霞光四射的傍晚时刻，缓步走向村前的粪缸。冬天的田野一片萧条，鹤发银须的王子清感到自己走得十分凄凉，那些枯萎的树木恍若一具具尸骨，在寒风里连颤抖都没有。一个农民向他弯下了腰，叫一声：

"老爷。"

"嗯。"

他鼻子哼了一下，走到粪缸前，撩起丝绵长衫，脱下裤子后一脚跨了上去。他看着那条伸展过去的小路，路上空空荡荡，只有夜色在逐渐来到。不远处一个上了年纪的农民正在刨地，锄头一下一下落进泥土里，听上去有气无力。这时，他感到自己哆嗦的腿开始抖动起来，他努力使自己蹲得稳一点，可是力不从心。他看看远处的天空，斑斓的天空让他头晕眼花，他赶紧闭上眼睛，这个细小的动作使他从粪缸上栽了下去。

地主看到那个农民走上前来问他：

"老爷，没事吧。"

他身体靠着粪缸想动一下，四肢松软得像是里面空了似的。他就费劲地向农民伸出两根手指，弯了弯。农民立刻俯下身去问道：

"老爷，有什么吩咐？"

他轻声问农民：

"你以前看到过我掉下来吗？"

农民摇摇头回答：

"没有，老爷。"

他伸出了一根手指，说：

"第一次？"

"是的，老爷，第一次。"

地主轻轻笑了起来，他向农民挥挥手指，让他走开。老年农民重新走过去刨地了。地主软绵绵地靠着粪缸坐在地上，夜色犹如黑烟般逐渐弥漫开来，那条小路还是苍白的。有女人吆喝的声音远远飘来，这声音使他全身一抖，那是他妻子年轻时的声音，正在召唤贪玩的儿子回家。他闭上了眼睛，看到无边无际的湖水从他胸口一波一波地涌了过去，云彩飘得太低了，像是风一样从水面上卷过来。他看到了自己的儿子，心不在焉地向他走来，他在心里骂了一声——这孽子。

地主家的两个女人在时深时浅的悲伤里，突然对地主一直没有回家感到慌乱了，那时天早已黑了，月光明亮地照耀而下。两个小脚女人向村前磕磕绊绊地跑去，嘴里喊叫着地主，没有得到回答的女人立刻用哭声呼唤地主。她们的声音像是啼叫的夜鸟一样，在月光里飞翔。当她们来到村口粪缸前时，地主歪着身体躺在地上已经死去了。

一九九二年七月二十日

余华作品

战　栗

一封过去的信

一位穷困潦倒中的诗人，在他四十三岁的某一天，站在自己的书柜前迟疑不决，面对二十来年陆续购买的近五千册书籍，他不知道此刻应该读什么样的书，什么样的书才能和自己的心情和谐一致。

他将叔本华的《作为意志与表象的世界》从中间的架子上取下来，读了这样一段："……他不认识什么太阳，什么地球，而永远只是眼睛，是眼睛看见太阳；永远只是手，是手感触着地球……"他觉得很好，可是他不打算往下读，就换了一册但丁的《神曲·地狱篇》，一打开就是第八页，他看到："……吃过之后，她比先前更饥饿／她与许多野兽交配过／而且还要与更多的野兽交配……"他这时感到自己也许是要读一些小说，于是他站到了凳子上，在书柜最顶层取出了福克纳的《我弥留之际》。他翻到最后一页，看看书中人物卡什是怎样评价自己父亲的："'这是卡什、朱厄尔、瓦达曼，还有杜威·德尔，'爹说，一副小人得志、趾高气扬的样子，假牙什么的一应俱全，虽说他还不敢正眼看我们。'来见过本德仑太太吧。'他说。"

这位诗人就这样不停地将书籍从架子上取下来，紧接着又放了回去，每一册书都只是看上几眼，他不知道已经在书柜前站了两个多小时了，只是感到还没有找到自己准备坐到沙发里或者躺到床上去认真读一读的书。他经常这样，经常乐此不疲，没有目标地在书柜前寻找着准备阅读的书。

这一天，当他将《英雄挽歌》放回原处，拿着《培尔·金特》从凳子上下来时，一封信从书里滑了出来，滑到膝盖时他伸手抓住了它。他看到了十分陌生的字迹，白色的信封开始发黄了，他走到窗前，坐了下来，取出里面的信，他看到信是一位名叫马兰的年轻女子写来的，信上这样写：

　　……你当时住的饭店附近有一支猎枪，当你在窗口出现，或者走出饭店时，猎枪就瞄准了你，有一次你都撞到枪口上了，可是猎枪一直没有开枪，所以你也就安然无恙地回去了……我很多情……我在这里有一间小小的"别墅"，各地的朋友来到时都在这里住过。这里的春天很美丽，你能在春天的时候（别的时候也行）来我的"别墅"吗？

　　　　　　　　　　　　　　　　　　　　　　余华作品

信的最后只有"马兰"两个字的签名，没有写上日期，诗人将这张已经发黄了的信纸翻了过来。信纸的背面有很多霉点，像是墨水留下的痕迹，他用指甲刮了几下，出现了一些灰尘似的粉末。诗人将信纸放在桌上，拿起了信封。信封的左上角贴了四张白纸条，这封信是转了几个地方后才来到他手上的。他一张一张地翻看着这些白纸条，每一张都显示了曾经存在过的一个住址，他当时总是迅速地变换自己的住址。

　　诗人将信封翻过来，找到了邮戳，邮戳上的字迹已经模糊不清，差不多所有的笔画上都长出了邮戳那种颜色的纤维，它们连在了一起，很难看清楚上面的日期。诗人将信封举了起来，让窗外的光芒照亮它，接着，他看到或者说是分辨出了具体的笔画，他看到了日期。然后，他将这封十二年前寄出的信放在了桌子上，心里想，在十二年前，一位年轻的女子，很可能是一位漂亮的姑娘，曾经邀请他进入她的生活，而他却没有前往。诗人将信放入信封，从抽屉里拿出一个发硬了的面包，慢慢地咬了一口。

　　他努力去回想十二年前收到这封信时的情景，可他的记忆被一团乱麻给缠住了，像是在梦中奔跑那样吃力。于是他看着放在桌上的《培尔·金特》，他想到当时自己肯定是在阅读这部书，他不是坐在沙发里就是躺在床上。这封信他在手中拿了一会，后来他合上《培尔·金特》时，将马兰的信作为书签插入易卜生的著作之中，此后他十二年没再打开过这部著作。

　　当时他经常收到一些年轻女子的来信，几乎所有给他写过信的女子，无论漂亮与否，都会在适当的时候光临到他的床上。就是他和这一位姑娘同居之时，也会用一个长途电话或者一封挂号的信件，将另一位从未见过的姑娘召来，见缝插针地睡上一觉。

现在，已经没有什么人给他写信了，他也不知道该给谁写信。就是这样，他仍然每天两次下楼，在中午和傍晚的时候去打开自己的信箱，将手伸进去摸一摸里面的灰尘，然后慢慢地走上楼，回到自己屋中。虽然他差不多每次都在信箱里摸了一手的灰尘，可对他来说这两次下楼是一天里最值得激动的事，有时候一封突然来到的信会改变一切，最起码也会让他惊喜一下，当手指伸进去摸到的不再是些尘土，而是信封那种纸的感受，薄薄的一片贴在信箱底上，将它拿出来时他的手会抖动起来。

所以他从书架上取下《培尔·金特》时，一封信滑出后掉到地上，对他是一个意外。他打开的不是信箱，而是一册书，看到的却是一封信。

他弯下身去捡起那封信件时，感到血往上涌，心里咚咚直跳。他拿着这封信走到窗前坐下，仔细地察看了信封上陌生的笔迹。他无法判断这封信出自谁之手，于是这封信对他来说也就充满了诱惑。他的手指从信封口伸进去摁住信纸抽了出来，他听到了信纸出来时的轻微响声，那种纸擦着纸的响声。

后来，他望到了窗外。窗外已是深秋的景色，天空里没有阳光，显得有些苍白，几幢公寓楼房因为陈旧而变得灰暗，楼房那些窗户上所挂出的衣物，让人觉得十分杂乱。诗人看着它们，感受到生活的消极和内心的疲惫。楼房下的道路上布满了枯黄的落叶，落叶在风中滑动着到处乱飘，而那些树木则是光秃秃地伸向空中。

周 林

　　周林，是这位诗人的名字，他仍然坐在窗前，刚刚写完一封信，手中的钢笔在信纸的下端签上了自己的名字，然后在一张空白信封上填写了马兰的地址，是这位女子十二年前的地址，又将信纸两次对折后叠好放入信封。

　　他拿着信站起来，走到门后，取下挂在上面的外衣，穿上后他打开了门，手伸进右侧的裤子口袋摸了摸，他摸到了钥匙，接着放心地关上了门，在堆满杂物的楼梯上小心翼翼地往下走去。

　　十分钟以后，周林已经走在大街上了。那是下午的时候，街道上飘满了落叶，脚踩在上面让他听到了沙沙的断裂声，汽车驶过时使很多落叶旋转起来。他走到人行道上，在一个水果店前站立了一会，水果的价格让他紧紧皱起了眉头，可是，他这样问自己：有多长时间没有尝过水果了？他的手伸进口袋，拿出了一枚一元钱的硬币，他看着硬币心想：上一次吃水果时，似乎还没有流通这种一元的硬币。有好几年了。穷困的诗人将一元钱的硬币递了过去，说：

　　"买一个橘子。"

　　"买什么？"

　　水果店的主人看着那枚硬币问。

　　"买橘子。"他说着将硬币放在了柜台上。

　　"买一个橘子？"

　　他点点头说："是的。"

　　水果店的主人坐到了凳子上，对那枚硬币显得不屑一顾，他向周林挥了挥手，说道：

"你自己拿一个吧。"

周林的目光在几个最大的橘子上挨个停留了一会，他的手伸过去后拿起了一个不大也不小的橘子，他问道："这个行吗？"

"拿走吧。"

他双手拿着橘子往前走去，橘子外包着一层塑料薄膜，他去掉薄膜，橘子金黄的颜色在没有阳光的时候仍然很明亮，他的两个手指插入明亮的橘子皮，将橘子分成两半，慢慢吃着往前走去，橘子里的水分远没有他想象的那么多，所以他没法一片一片地品尝，必须同时往嘴里放上三片才能吃出一点味道来。当他走到邮局时，刚好将橘子吃完，他的手在衣服上擦了擦，从口袋里取出给马兰的信，把信扔入了邮筒。他在十二年后的今天，给那位十二年前的姑娘写了回信，他在信中这样写道：

……你十二年前的来信，我今天正式收到了……这十二年里，我起码有七次变换了住址，每一次搬家都会遗失一些信件什么的，三年前我搬到现在这个住址，我发现自己已经将过去所有的信件都丢失了，唯有你这封信被保留了下来……十二年前我把你的信插入了一本书中，一本没有读完的书，你的信我也没有读完。今天，我准备将十二年前没有读完的书继续读下去时，我读完的却是你的信……在十二年前，我们之间的美好关系刚刚开始就被中断了，现在我就站在这中断的地方，等待着你的来到……我们应该坐在同一间房屋里，坐在同一个窗前，望着同样的景色，说着同样的话，将十二年前没有读完的书认真地读完……

两封马兰的来信

周林给马兰的信寄出后没过多久，有十来天，他收到了她的回信。马兰告诉周林，她不仅在过去的十二年里没有变换过住址，而且"从五岁开始，我就一直住在这里"。所以"你十二年后寄出的信，我五天就收到了"。她在信中说："收到你的信时，我没有在读书，我正准备上楼，在楼梯里我读了你的信，由于光线不好，回到屋里我站到窗口又读了一遍，读完后我把你的信放到了桌子上，而不是夹到书里。"让周林感到由衷高兴的是，马兰十二年前在信中提到的"别墅"仍然存在。

这天中午，周林坐在窗前的桌旁，把马兰的两封来信放在一起，一封过去的信和一封刚刚收到的信，他看到了字迹的变化，十二年前马兰用工整稚嫩的字，写在一张浅蓝颜色的信纸上，字写得很小。信纸先是叠了一个三角，又将两个角弯下来，然后才叠出长方的形状，弯下的两个角插入到信纸之中。十二年前周林在拆开马兰来信时，对如此复杂的叠信方式感到很不耐烦，所以信纸被撕破了。

现在收到的这封信叠得十分马虎，而且字迹潦草，信的内容也很平淡，没有一句对周林发出邀请的话，只是对"别墅"仍然存在的强调，让周林感到十二年前中断的事可以重新开始。这封信写在一张纸的反面，周林将纸翻过来，看到是一张病历，上面写着：

停经五十天　请妇科诊治

然后是日期和比马兰信上笔迹更为潦草的医生签名。

马兰的"别墅"

马兰的别墅是一间二十平米左右的房屋，室内只有一张床、一把椅子、一张写字台和一只三人沙发，显得空空荡荡。周林一走进去就闻到了灰尘浓重的气息，不是那种在大街上飘扬和席卷的风沙，是日积月累后的气息，压迫着周林的呼吸，使他心里发沉。

马兰将背在肩上的牛皮背包扔进了沙发，走到窗前扯开了像帆布一样厚的窗帘，光线一下子照到了周林的眼睛上，他眯缝起眼睛，感到灰尘掉落下来时不是纷纷扬扬，倒像是蒙蒙细雨。

扯开窗帘以后，马兰从桌子的抽屉里拿出一块抹布，她擦起了沙发。周林走到窗前，透过灰蒙蒙的玻璃，他看到了更为灰蒙蒙的景色，在杂乱的楼房中间，一条水泥铺成的小路随便弯曲了几下后来到了周林此刻站立的窗下。

刚才他就是从这条路上走过来的。他们在火车站上了一辆的士，那是一辆红色的桑塔纳。马兰让他先坐到车里，然后自己坐在了他的身边，她坐下来时顺手将牛皮背包放到了座位的中间。周林心想这应该是一个随意的动作，而不是有意要将他们之间的身体隔开。他们说着一些可有可无的话，看着的士慢慢驶去。司机打开的对讲机里同时有几个人在说话，互相通报着这座城市里街道拥挤的状况，车窗外人的身影就像森林里的树木那样层层叠叠，车轮不时溅起一片片白色的水花，水花和马兰鲜红的嘴唇，是周林在这阴沉的下午里唯一感受到的活力。

半个小时以后，的士停在了一个十分阔气和崭新的公共厕所旁。周林先从车里出来，他站在这气派的公共厕所旁，看着贴在墙上的白色马赛克和屋顶的红瓦，再看看四周的楼房，那些破旧的楼房看上去很灰暗，电线在楼房之间杂乱地来来去去，不远处的垃圾桶竟然倒在了地上，他看到一个人刚好将垃圾倒在桶上，然后一转身从容不迫地离去。

他站在这里，重新体会着刚才在车站广场寻找马兰时的情景。他的双腿在行李和人群中间艰难地跋涉着，冬天的寒风吹在他的脸上，让他感受到南方特有的潮湿。他呵出了热气，又吸进别人吐出的热气，走到了广场的铁栅栏旁，把胳膊架上去，伸长了脖子向四处眺望，寻找着一个戴红帽子的女人，这是马兰在信中给他的特征。他在那里站了十来分钟，就发现自己来到了一座人人喜欢鲜艳的城市，他爬到铁栅栏上，差不多同时看到了十多顶红帽子，在广场拥挤的人群里晃动着，犹如漂浮在水面上的胡萝卜。

后来，他注意到了一个女人，一个正在走过来的戴红帽子的女人，为了不让寒风丝丝地往脖子里去，她缩着脖子走来，一只手捏住自己的衣领。她时时把头抬起来看看四周，手里夹着香烟，吸烟时头会迅速低下去，在头抬起来之前她就把烟吐出来。他希望这个女人就是马兰，于是向她喊叫：

"马兰。"

马兰看到了他，立刻将香烟扔到了地上，用脚踩了上去，扬起右手向他走去。她的身体裹在臃肿的羽绒大衣里，他感受不到她走来时身体的扭动；她鲜红的帽子下面是同样鲜红的围巾，他看不到她的脖子；她的手在手套里，她的两条腿一前一后摆动着，来到一个水坑前，她跳跃了起来，她跳起来时，让他看到了她的身体所展现出来的轻盈。

交　谈

马兰像个工人一样叼着香烟，将周林身旁的椅子搬到电表下面，从她的牛皮背包里拿出一支电笔，站到椅子上，将电表上的两颗螺丝拧松后下来说：

"我们有暖气了。"

她从牛皮背包里拿出了一个很大的电炉，起码有一千五百瓦，放到沙发旁，插上电源后电炉立刻红起来了，向四周散发着热量。马兰这时脱下了羽绒大衣，坐到沙发里，周林看到牛仔裤把马兰的臀部绷得很紧，尽管如此她的腹部还是坚决地隆出来了一些。周林看到电炉通红一片，接着看到电表纹丝不动。

这个三十多岁的女人左手夹着香烟，右手玩着那支电笔，微笑地看着周林，皱纹爬到了她的脸上，在她的眼角放射出去，在她的额头舒展开来。周林也微笑了，他想不到这个女人会如此能干，她让电变成了熊熊燃烧的火，同时又不用去交电费。

周林感到自己的身体开始炽热起来，他脱下羽绒服，走到床边，将自己的衣服和马兰的放在一起，然后回到沙发里坐下，他看到马兰还在微笑，就说：

"现在暖和多了。"

马兰将香烟递过去，问他：

"你抽一支吗？"

周林摇摇头，马兰又问：

"你一直都不抽烟？"

"以前抽过。"周林说道，"后来……后来就戒了。"

马兰笑起来，她问：

"为什么戒了？怕死？"

周林摇摇头说："和死没关系，主要是……经济上的原因。"

"我明白了。"马兰笑了笑，又说，"十二年前我看到你的时候，你手里夹着一支牡丹牌的香烟。"

周林笑了，他说："你看得这么清楚？"

"这不奇怪。"马兰说，"奇怪的是我还记得这么清楚。"

马兰继续说着什么，她的嘴在进行着美妙的变化，周林仔细听着她的声音，那个声音正从这张吸烟过多的嘴中飘扬出来，柔和的后面是突出的清脆，那种令人感到快要断裂的清脆。她的声音已经陈旧，如同一台用了十多年的收录机，里面出现了沙沙的杂音。尤其当她发出大笑时，嘶哑的嗓音让周林的眼中出现一堵斑驳的旧墙，而且每次她都是用剧烈的咳嗽来结束自己的笑声。

当她咳嗽时，周林不由得要为她的两叶肺担惊受怕。

她止住咳嗽以后，眼泪汪汪地又给自己点燃一支香烟，随后拿出化妆盒，重新安排自己的容貌。她细心擦去被眼泪弄湿了的睫毛膏，又用手巾纸擦起了脸和嘴唇，接下去是漫长的化妆。她并不在意自己的身体，可她热爱自己的脸蛋。那支只吸了一口的香烟搁在茶几上，自己燃烧着自己，她已经忘记了香烟的存在，完全投身到对脸蛋的布置之中。

沮　丧

两个人在沙发上进行完牡丹牌香烟的交谈之后，马兰突然有些激动，她看着周林的眼睛闪闪发亮，她说：

"要是十二年前，我这样和你坐在一起……我会很激动。"

周林认真地点点头，马兰继续说：

"我会喘不过气来的。"

周林微笑了，他说：

"当时我经常让人喘不过气来，现在轮到我自己喘不过气来了。"

他看了看马兰，补充说：

"是穷困，穷困的生活让我喘不过气来。"

马兰同情地看着他，说：

"你毛衣的袖管已经磨破了。"

周林看了看自己的袖管，然后笑着问：

余华作品

"你收到我的信时吃惊了吗？"

"没有。"马兰回答，她说，"我拆开你的信，先去看署名，这是我的习惯，我看到周林两个字，当时我没有想起来是你，我心想这是谁的信，边上楼边看，走到屋门口时我差不多看完了，这时我突然想起来了。"

周林问："你回到屋中后又看了一遍？"

"是的。"马兰说。

"你吃惊了吗？"

"有点。"

周林又问："没有激动？"

马兰摇摇头："没有。"

马兰给自己点燃一支香烟，吸了一口后说道：

"我觉得很有趣，我写出了一封信，十二年后才收到回信，我觉得很有趣。"

"确实很有趣。"周林表示同意，他问，"所以你就给我来信？"

"是的。"马兰说，"这是一方面，另一方面我是单身一人。如果我已经嫁人，有了孩子，这事再有趣我也不会让你来。"

周林轻声说："好在你没有嫁人。"

马兰笑了，她将香烟吐出来，然后用舌尖润了润嘴唇，换一种口气说：

"其实我还是有些激动。"

她看看周林，周林这时感激地望着她，她深深吸了口气后说：

"十二年前我为了见到你，那天很早就去了影剧院，可我还是去晚了，我站在走道上，和很多人挤在一起，有一只手偷偷地摸起了我的屁股，你就是那时候出现的，我忘记了自己的屁股正在被侮辱，因为我看到了你，你从主席台的右侧走了出来，穿着一件绛红的夹克，走到了中央，那里有一把椅子，你一个人来到中央，下面挤满了人，而台上只有你一个人，空空荡荡地站在那里，和椅子站在一起。

"你笔直地站在台上，台下没有一丝声响，我们都不敢呼吸了，睁大眼睛看着你，而你显得很疲倦，嗓音沙哑地说想不到在这里会有那么多热爱文学、热爱诗歌的朋友。你说完这话微微仰起了脸，过了一会，前面出现了掌声，掌声一浪一浪地扑过来，立刻充满了整个大厅。我把手都拍疼了，当时我以为大家的掌声是因为听到了你的声音，后来我才知道你说完那句话以后就流泪了，我站得太远，没有看到你的眼泪。

"在掌声里你说要朗诵一首诗歌，掌声一下子就没有了，你把一只手放到了椅子上，另一只手使劲地向前一挥，我们听到你响亮地说道：'望着你的不再是我的眼睛／而是两道伤口／握着你的不再是我的手／而是……'

"我们憋住呼吸，等待着你往下朗诵，你却站在那里一动不动，主席台上强烈的光线照在你的脸上，把你的脸照得像一只通了电的灯泡一样亮，你那样站了足足有十来分钟，还没有朗诵'而是'之后的诗句，台下开始响起轻微的人声，这时你的手又一次使劲向前一挥，你大声说：'而是……'

"我们没有听到接下来的诗句，我们听到了扑通一声，你直挺挺地摔到了地上。台下的人全呆住了，直到有几个人往台上跑去时，大家才都明白过来，都往主席台拥去，大厅里是乱成一团，有一个人在主席台上拼命地向下面喊叫，谁也听不清他在喊什么，他大概是在喊叫着要人去拿一副担架来。他不知道你已经被抬起来了，你被七八个人抬了起来，他们端着你的脑袋，架着你的脚，中间的人扯住你的衣服，走下了主席台，起码有二十来个人在前面为你开道，他们蛮横地推着喊道：'让开，让开……'

"你四肢伸开地从我面前被抬过去，我突然感到那七八个抬着你的人，不像是在抬你，倒像是扯着一面国旗，去游行时扯着的国旗。你被他们抬到了大街上，我们全都拥到了大街上，阳光照在你的眼睛上使你很难受，你紧皱眉头，皱得嘴巴都歪了。

"街道上从来没有过这么多人，听过你朗诵'而是……'的人簇拥着你，还有很多没有听过你朗诵的人，因为好奇也挤了进来，浩浩荡荡地向医院走去。来到医院大门口时，你闭着的眼睛睁开了，你的手挣扎了几下，让抬着你的人把你放下，你双脚站到了地上，右手摸着额头，低声说：'现在好了，我们回去吧。'

"有一个人爬到围墙上，向我们大喊：'现在他好啦，诗人好啦，我们可以回去啦。'

"喊完他低下头去，别人告诉他，你说自己刚才是太激动了，他就再次对我们喊叫：'他刚才太激动啦！'"

周林有些激动，他坐在沙发里微微打抖了，马兰不再往下说，她微笑地看着周林，周林说：

"那是我最为辉煌的时候。"

接着他嘿嘿笑了起来，说道：

"其实当时我是故意摔到地上的，我把下面的诗句忘了，忘得干干净净，一句都想不起来……我只好摔倒在地。"

马兰点点头，她说："最先的时候我们都相信你是太激动了，半年以后就不这样想了，我们觉得你是想不出下面的诗句。"

马兰停顿了一下，然后换了一种语气说：

"你还记得吗？你住的那家饭店的对面有一棵很大的梧桐树。我在那里站了三次，每次都站了几个小时……"

"一棵梧桐树？"周林开始回想。

"是的，有两次我看到你从饭店里走出来，还有一次你是走进去……"

"我有点想起来了。"周林看着马兰说道。

过了一会，周林拍了一下自己的额头说：

"我完全想起来了，有一天傍晚，我向你走了过去……"

"是的。"马兰点着头。

随后她兴奋地说："你是走过来了，是在傍晚的时候。"

周林霍地站了起来，他差不多是喊叫了：

"你知道吗，那天我去了码头，我到的时候你已经走了。"

"我已经走了？"马兰有些不解。

"对，你走了。"周林又坚决地重复了一次。

他说："我们就在梧桐树下，就在傍晚的时候，那树叶又宽又大，和你这个牛皮背包差不多大……我们约好了晚上十点钟在码头相见，是你说的在码头见……"

"我没有……"

"你说了。"周林不让马兰往下说，"其实这无关紧要，重要的是我们约好了。"

马兰还想说什么，周林挥挥手不让她说，他让自己说：

"实话告诉你，当时我已经和另外一个姑娘约好了。要知道，我在你们这里只住三天，我不会花三天的时间去和一个姑娘谈恋爱，然后在剩下的十分钟里和她匆匆吻别。我一开始就看准了，从女人的眼睛里做出判断，判断她是不是可以在一个小时里，最多半天的时间，就能扫除所有障碍从而进入实质。

"可是当我看到了你，我立刻忘记了自己和别的女人的约会。你站在街道对面的梧桐树下看着我，两只手放在一起，你当时的模样突然使我感动起来，我心里觉察到纯洁对于女人的重要。虽然我忘了你当时穿什么衣服，可我记住了你纯洁动人的样子，在我后来的记忆里你变成了一张洁白的纸，一张贴在斑驳墙上的洁白的纸。

"我向你笑了笑，我看到你也向我笑了。我穿过街道走到你面前，你当时的脸蛋涨得通红，我看着你放在一起的两只漂亮的手，夕阳的光芒照在你的手指上，那时候我感到阳光索然无味。

"你的手松开以后，我看到了一册精致的笔记本，你轻声说着让我在笔记本上签名留字。我在上面这样写：我想在今夜十点钟的时候再次见到你。

"你的头低了下去，一直埋到胸口，我呼吸着来自你头发中的气息，里面有一种很淡的香皂味。过了一会你抬起脸来，眼睛

一眨一眨地看着别处，问我：'在什么地方？'

"我说：'由你决定。'

"你犹豫了很久，又把头低了下去，然后说：'在码头。'"

周林看到马兰听得入神，他停顿了一下，继续说：

"那天傍晚我回到饭店时，起码有五六个男人在门口守候着我，他们脸上挂着谦卑的笑容，这是我最害怕的笑容，这笑容阻止了我内心的厌烦，还要让我笑脸相迎，将他们让进我的屋子，让他坐在我的周围，听他们背诵我过去的诗歌……这些我都还能忍受，当他们拿出自己的诗歌，都是厚厚的一沓，放到我面前，要我马上阅读时，我就无法忍受了，我真想站起来把他们训斥一番，告诉他们我不是门诊医生，我没有义务要立刻阅读他们的诗稿。可我没法这样做，因为他们脸上挂着谦卑的笑容。

"有两三个姑娘在我的门口时隐时现。她们在门外推推搡搡，咻咻笑着，谁也不肯先进来。这样的事我经常碰上，我毫无兴趣的男人坐了一屋子，而那些姑娘却在门外犹豫不决。要是在另外的时候，我就会对她们说：'进来吧。'

"那天我没有这样说，我让她们在门外犹豫，同时心里盘算着怎样把屋里的这一堆男人哄出去。我躺到床上去打哈欠，一个接着一个地打，我努力使自己的哈欠打得和真的一样，我把脸打疼了，疼痛使我眼泪汪汪，这时候他们都站了起来，谦卑地向我告辞，我透过眼泪喜悦地看着他们走了出去。然后我关上了门，看一下时间才刚到八点，再过半个小时是我和另外一个姑娘的约会，一想到十点钟的时候将和你在一起，我就只好让那个姑娘见鬼去了。

　　"我把他们赶走后，在床上躺了一会，要命的是我真的睡着了。当我醒来时已是凌晨三点了，我心想坏了，赶紧跳起来，跑出去。那时候的饭店一过晚上十二点就锁门了，我从大铁门上翻了出去，大街上空空荡荡一个人都没有，我拼命地往码头跑去，我跑了有半个小时，越跑越觉得不对，直到我遇上几个挑着菜进城来卖的农民，我才知道自己跑错了方向。

　　"我跑到码头时，你不在那里，有一艘轮船拉着长长的汽笛从江面上驶过去，轮船在月光里成了巨大的阴影，缓慢地移动着。我站在一个坡上，里面的衣服湿透了，嗓子里像是被划过似的疼痛。我在那里站了起码有一个多小时，湿透了的衣服贴在我的皮肤上，使我不停地打抖。我准备了一个晚上的激情，换来的却是孤零零一个人站在凌晨时空荡荡的码头上。"

　　周林看到马兰微笑着，他也笑了，他说：

　　"我在一块石头上坐了很久，听着江水拍岸的声响，眼睛却看不到江水，四周是一片浓雾，我把屁股坐得又冷又湿，浓重的雾气使我的头发往下滴水了，我战栗着……"

　　马兰这时说："这算不上战栗。"

　　周林看了马兰一会，问她：

　　"那算什么？"

　　"沮丧。"马兰回答。

发　抖

周林想了想，表示同意，他点点头说：

"是沮丧。"

马兰接着说："你记错了，你刚才所说的那个姑娘不是我。"

周林看着马兰，有些疑惑地问：

"我刚才说的不是你？"

"不是我。"马兰笑着回答。

"那会是谁？"

"这我就不知道了。"马兰说，"这座城市里没有码头，只有汽车站和火车站，还有一个正在建造中的飞机场。"

马兰看到周林这时笑了起来，她也笑着说：

"有一点没有错，你看到我站在街道对面，你也确实向我走了过来，不过你没有走到我面前，你眼睛笑着看着我，从我身边走了过去，走到了另外一个女人那里。"

"另外一个女人？"周林努力去回想。

"一个皮肤黝黑的、很丰满的女人。"马兰提醒他。

"皮肤很黑？很丰满？"

"她穿着紧身的旗袍，衩开得很高，都露出了里面的三角裤……你还没有想起来？我再告诉你她的牙齿，她不笑的时候都露着牙齿，当她把嘴抿起来时，才看不到牙齿，可她的脸绷紧了。"

"我想起来了。"周林说，说着他微微有些脸红。

马兰大笑起来，没笑一会她就剧烈地咳嗽了，她把手里的香烟扔进了烟缸，双手捧住脸抖个不停。止住咳嗽以后，她眼泪汪汪地仍然笑着望着周林。

周林嘿嘿地笑了一会，为自己解释道：

"她身材还是很不错的。"

马兰收起笑容，很认真地说：

"她是一个浅薄的女人，一个庸俗的女人，她写出来的诗歌比她的人还要浅薄，还要庸俗。我们都把她当成笑料，我们在背后都叫她美国遗产……"

"美国遗产？"周林笑着问。

"她没有和你说过她要去继承遗产的事？"

"我想不起来了。"周林说。

"她对谁都说要去美国继承遗产了，说一个月以后就要走了，说护照办下来了，签证也下来了。过了一个月，她会说两个月以后要走了，说护照下来了，签证还没有拿到。她要去继承的遗产先是十万美元，几天以后涨到了一百万，没出一个月就变成一千多万了。

"我们都在背后笑她，碰上她都故意问她什么时候去美国，她不是说几天以后，就是说一两个月以后。到后来，我们都没有兴致了，连取笑她的兴致都没有了，可她还是兴致勃勃地向我们说她的美国遗产。

"美国遗产后来嫁人了，有一阵子她经常挽着一个很瘦的男人在大街上走着，遇到我们时就得意洋洋地告诉我们，她和她的瘦丈夫马上就要去美国继承遗产了。再后来她有了一个儿子，于是就成了三个人马上要去美国继承遗产。

"她马上了足足有八年，八年以后她没去美国，而是离婚了，离婚时她写了一首诗，送给那个实在不能忍受下去的男人。她在大街上遇到我时，给我背诵了其中的两句：'我是一朵带刺的玫瑰／谁也摘不走……'"

周林听到这里嘿嘿笑了，马兰也笑了笑，接着她换了一种语气继续说：

"你从街对面走过来时，我才二十岁，我看到你眼睛里挂着笑意，我心里咚咚直跳，不敢正眼看你，我微低着头，用眼角的虚光看着你走近，我以为你会走到我身旁，我胆战心惊，手开始发抖了，呼吸也停了下来。"

马兰说到这里停顿下来，她看了一会周林，才往下说：

"可是你一转身走到了另外一个女人身边，我吃了一惊，我看着你和那个女人一起走去。你要是和别的女人，我还能忍受；你和美国遗产一起走了，我突然觉得自己遭受了耻辱。那一瞬间你在我心中一下子变得很丑陋，我咬住嘴唇忍住眼泪往前走，走完了整整一条街道，我开始冷笑了，我对自己说不要再难受了，那个叫周林的男人不过是另一个美国遗产。

"后来，过了大约有两个月，我和美国遗产成了朋友，我们经常在一起，我的朋友都很惊讶，她们问我为什么和美国遗产交上了朋友。我只能说美国遗产人不错。其实在我心里有目的，我想知道你和美国遗产之间究竟发生了什么。

"你和那个女人一起走去，我看到你的手放到她的肩上，我觉得你和她一样愚蠢，一样浅薄和庸俗。可我怎么也忘不了你站在影剧院台上时激动的声音，你突然倒下时的神圣。

"你知道吗，美国遗产后来一到夏天就穿起西式短裤，整整三个夏季她没有穿过裙子，她要向别人炫耀自己那双黝黑有些粗壮的腿。她告诉我你当时是怎样撩起了她的裙子，然后捧住她的双腿，往她腿上涂着你的口水，你嘴里轻声说着：'多么嘹亮的大腿。'

"她以为自己的腿真的不同凡响，她被你那句话给迷惑了，看不到自己的腿脂肪太多了，也看不到自己的腿缺少光泽……嘹亮的大腿，像军号一样嘹亮的大腿。"

马兰说到这里，嘲弄地看着周林，周林笑了起来，马兰继续说：

"你走后，美国遗产说要写小说了，要把你和她之间的那段事写出来，她写了一个多月，只写了一段，她给我看，一开始写你的身体怎样从她身上滑了下去，然后写你仰躺在床上，伸开双腿，美国遗产将她的下巴搁在你的腿上，她的手摸着你的两颗睾丸，对你说：'左边的是太阳，右边的是月亮。'

"这时候你的手伸到那颗'月亮'旁挠起了痒痒，美国遗产问：'你把月亮给我，还是把太阳给我？'

"你说：'都给你。'

"美国遗产叹息一声，说道：'太阳出来时，月亮走了；月亮出来后，太阳没了。我没办法都要。'

"你说：'你可以都要。'

"美国遗产问：'有什么办法？'

"你说：'别把它们当成太阳和月亮，不就行了？'

"美国遗产又问：'那把它们当成什么？'

"你说：'把它们当成睾丸。'

"美国遗产说：'不，这是太阳和月亮。'

"她就写到这里。"马兰给自己点燃了一支香烟，看着周林继续说：

"美国遗产嘴中的你是一个滑稽的人，在她那里听到的，全是你对她的赞美之词，从嘹亮的大腿开始，她身体的每个部分都让你诗意化了。美国遗产被你那些滑稽的诗句组装了起来，她为此得意洋洋，到处去炫耀。

"她告诉我，她是你第一个女人。那是在你走后的那年夏天，也就是十二年前的那个夏天，我们躺在一张草席上，说到了你，说到两个多月前你站在影剧院台上时的激动场面，美国遗产立刻坐了起来，眼睛闪闪发亮地看着我，当时我知道她什么都会告诉我了，只要我脸上挂着羡慕的神情。

"她把嘴凑到我的耳边，其实屋子里就我们两个人，她神秘地说道：'你知道吗，我是他第一个女人。'

"我当时吃惊地睁大了眼睛，我吃惊的是你第一个女人竟然是美国遗产，这使我对你突然产生了怜悯。美国遗产看到我的模样后得意了，她问我：'你被男人抱过吗？'

"我点点头，我点头是为了让她往下说。她又问：'那个男人第一次抱你时战栗了吗？'

"'战栗？'我当时不明白这话。

"她告诉我：'就是发抖。'

"我摇摇头：'没有发抖。'

"她纠正我的话：'是战栗。'

"我点头重复一遍：'没有战栗。'

"她挥挥手说：'那个男人不是第一次抱女人。'

"说着她又凑到我的耳边，悄声说：'周林是第一次抱女人，他抱住我时全身发抖，他的嘴在我脖子上擦来擦去，嘴唇都在发抖，我问他是不是冷，他说不冷，我说那为什么发抖，他说这不是发抖，这是战栗。'"

马兰说到这里问周林：

"你能解释一下什么是发抖，什么是战栗吗？"

欺　骗

马兰继续说：

"美国遗产把你带到她家里，让你在椅子里坐下，你没有坐，你从门口走到床前，又从床前走到窗口，你在美国遗产屋中走来走去，然后你回过身去对她说了一句话，一句让我听了毛骨悚然的话。"

周林看到马兰停下不说了，就问她：

"我说了什么？"

马兰嘲弄地看着周林，她说：

"说了什么？你走到她跟前，一只手放到她的肩上，然后对她说：'让我像抱妹妹一样抱抱你。'"

　　周林笑了，他对自己过去的作为表示了理解，他说：

　　"那时候我还幼稚。"

　　"幼稚？"马兰冷冷一笑，说，"如此拙劣的方式。"

　　周林还是笑，他说：

　　"我知道自己说了一句废话，而且这句话很可笑。在当时，美国遗产把我带到她家里，就在她的卧室，她关上门，她的哥哥在楼下开了门进来，找了一件东西后又走了出去。然后一切都安静下来，这时候我开始紧张了，我心里盘算着怎样把美国遗产抱住，她那时弯腰在抽屉里找着什么，屁股就冲着我，牛仔裤把她的屁股绷得很圆，她的屁股真不错。

　　"这是最糟糕的时候，是僵局。虽然我明白她把我带到她的卧室，已经说明一些什么，我跟着她到那里也说明了一些什么。一个男人和一个女人在一间门窗都关闭的屋子里，而且这间屋子最多只有九平米，你说还能干些什么？

　　"问题是怎样打破僵局，我在这时候总是顾虑重重，当她的屁股冲着我时，我唯一的欲望就是从后面一把将她抱住，然后把她掀翻到床上，什么话都别说，该干什么就干什么。

　　"可是女人不会愿意，就是她心里并不反对自己和一个男人进行肉体的接触，她也需要借口，需要你给她各种理由，一句话她需要欺骗，需要你把后来出现的行动都给予合理的解释。对她来说，和一个男人一起躺到床上去不是一件容易的事，虽然她会很容易地和你躺在一起……"

126　　　　　　　　　　　　　　　　　　　　　　　　｜ 余华作品

周林看到马兰微笑地看着自己，赶紧说：

"当然，你是例外。"

马兰还是微笑着，她说：

"你继续说下去。"

周林站起来走到窗前，往楼下看了一会，转过身来继续说：

"所以我才会说那句话，那句让你毛骨悚然的话，可是我为她找到了借口，当她的身体贴到我身上时，她用不着再瞪圆眼睛或者表达其他的吃惊，更不会为了表示自己的自尊而抵抗我。

"当她从抽屉里拿出她写的诗歌，有十来张纸，向我转过身来时，我知道必须采取行动了，要是她的兴趣完全来到诗歌上，那么我只有下一次再和她重新开始。最要命的是在接下去的几个小时里，我将和一个对诗歌一窍不通的人谈论诗歌，还要对她那些滑稽的诗作进行赞扬，赞扬的同时还得做一些适当的修改。

"她拿着诗作的手向我伸过来时，我立刻接过来，将那些有绿色的方格的纸放到桌子上，然后很认真地对她说了那句话，欺骗开始了，那句话不管怎样拙劣，却准确地表达了我想抱她的愿望。

"她听到我的话时怔了一下，方向一下子改变了，这对她多少有点突然，尽管她心里还是有所准备的。接着她的头低了下去，我抱住了她……"

马兰打断了他的话，问他：

"你发抖了？"

周林笑了起来，他说：

"其实在她怔住的时候，我就发抖了。"

马兰笑着说："应该说你战栗了。"

周林笑着摇摇头，他说：

"不是战栗，是紧张。"

马兰说："你还会紧张？"

周林说："为什么我不会紧张？"

马兰说："我觉得你会从容不迫。"

周林说："那种时候不会有绅士。"

两个人这时愉快地笑了起来，周林继续说：

"我抱住她，她一直低着头，闭上眼睛，她的脸色没有红起来，也没有苍白下去，我就知道她对这类搂抱已经司空见惯。我把自己的脸贴到她的脸上，手开始的时候在她肩上抚摸，然后慢慢下移，来到她的腰上时，她仰起脸来看着我说：'你要答应我。'

"我问她：'答应什么？'

"她说：'你要把我当成妹妹。'

"她需要新的借口了，因为我这样抱着她显然不是一个哥哥在抱着妹妹，我必须做出新的解释，我说：'你的头发太美了。'

"她听了这话微微一笑，我又立刻赞美她的脖子，她的眼睛，她的嘴和耳朵，然后告诉她：'我不能再把你当成妹妹了。'

"她说：'不……'

"我不让她往下说，打断她，说了句酸溜溜的话：'你现在是一首诗。'

"我看到她的眼睛发亮了，她接受了这新的借口。我抱着她

往床边移过去，同时对她说：'我要读你、朗诵你、背诵你。'

"我把她放到了她的床上，撩起她的裙子时，她的身体立刻撑了起来，说：'别这样，这样不好。'

"我说：'多么嘹亮的大腿。'

"我抱住她的腿，她的腿当时给我最突出的感受就是肉很多，我接连说了几遍嘹亮的大腿，仿佛自己被美给陶醉了，于是她的身体慢慢地重新躺到了床上。

"我每深入一步都要寻找一个借口，严格地按照逻辑进行，我把自己装扮成一个艺术鉴赏家，让她觉得我是在欣赏美丽的事物，就像是坐在海边看着远处的波涛那样，于是她很自然地将自己身上的衣服一件一件地交给我的手，我把她身上所有的部位都诗化了。其实她心里完全明白我在干什么，她可能还盼着我这样做，我对自己的行为，也对她的行为做出了合理的解释以后，她就一丝不挂了。

"当我开始脱自己衣服时，她觉得接下去的事太明确了，她必须表示一下什么，她就说：'我们别干那种事。'

"我知道她在说什么，这时她已经一丝不挂，所以我可以明知故问：'什么事？'

"她看着我，有些为难地说：'就是那种事。'

"我继续装着不知道，问她：'哪种事？'

"她不知道该怎么说了，我没有像刚才那样总是及时地给她借口，她那时已经开始渴望了，可是没有借口。我把自己的衣服脱光，光临到她的身上时，她只能违心地抵抗了，她的手推着我，

显得很坚决，可她嘴里却一遍一遍地说：'你为什么要这样？'

"她急切地要我给她一个解释，从而使她接下去所有配合我的行为都合情合理。我什么都没有说，她的腿就抬起来，想把我掀下去，同时低声叫道：'你要干什么？'

"我酸溜溜地说，这时候酸溜溜的话是最有用的，我说：'我要朗诵你。'

"她安静了一下，接着又抵抗我了，她对我的解释显然不满，她又是低声叫道：'你要干什么？'

"我贴着她的脸，低声对她说：'我要在你身上留一个纪念。'

"她问：'为什么？'

"我说：'因为你的身体很美好。'

"她不再挣扎，她觉得我这个解释可以接受了，她舒展开四肢，闭上了眼睛。

"她后来激动无比，她的身体充满激情，她在激动的时候与众不同，我遇到过呻吟喘息的，也有沉默的，却没碰上过像她那样不停地喊叫：'妈妈，妈妈，妈妈，妈妈，妈妈，妈妈，妈妈，妈妈，妈妈，妈……'"

胆　怯

马兰说："那么你呢？"

周林问："你说什么？"

马兰将身体靠到沙发上，说道：

余华作品

"我是说你呢？"

周林问："我怎么了？"

马兰仔细看着周林，问他：

"你有过多少女人？"

周林想了想以后回答：

"不少。"

马兰点点头，说道：

"所以你想不起我来了。"

"不对。"周林说，"我刚才不是说了，十二年前你站在街道对面微笑地望着我。"

"以后呢？"马兰问他。

"以后？"周林抱歉地笑了笑，然后说，"我犯了一个错误，没和你在一起……我跟着美国遗产走了。"

马兰摇着头说道：

"你没有跟着美国遗产走，那天晚上你和我在一起。"

周林有些吃惊地望着马兰，马兰说：

"你不要吃惊。"

周林脸上的表情发生了变化，他开始怀疑地看着马兰，马兰认真地对他说：

"我说的是真的……你仔细想想，有一幢还没有竣工的楼房，正盖在第六层，我们两个人就坐在最上面的脚手架上，下面是一条街道，我们刚坐上去时，下面人声很响地飘上来，还有自行车的铃声和汽车的喇叭声，当我们离开时，下面一点声响都没有了……你想起来了吗？"

周林似是而非地点了点头，马兰问他：

"你和多少女人在没有竣工的楼房里待过，而且是在第六层？"

周林看着马兰，很认真地想了一会后，又很认真地点了点头，他说：

"我想起来了，我是和一个姑娘在一幢没有竣工的楼房里待过，没想到就是你。"

马兰微微地笑了，她对周林说：

"那时候你才二十七八岁，我只有二十岁，你是一个很有名的诗人，我是一个崇敬你的女孩，我们坐在一起，坐在很高的脚手架上。整整一个晚上我都在听你说话，我使劲地听着你说的每一句话，生怕漏掉一句，我对你的崇敬都压倒了对你的爱慕。那天晚上你滔滔不绝，说了很多有趣的事，你的话题跳来跳去，这个说了一半就说到另一件事上去了，过了一会你又想起来刚才的话还没说完，又跳了回去，你不停地问我：'你为什么不说话？'

"可是你问完后，马上又滔滔不绝了。当时你留着很长的头发，你说话时挥舞着手，你的头发在你额前甩来甩去……"

马兰看到周林在点头，就停下来看着他，周林这时插进来说：

"我完全想起来了，当时你的眼睛闪闪发亮，我从来没有见过这么明亮的眼睛。"

马兰笑了起来，她说：

"你的眼睛也非常亮，一闪一闪。"

马兰停顿了一下，继续说：

"我们在一起坐了一个晚上，你只是碰了我一下，你说得最激动的时候把手放到了我的肩上，我自己都不知道，后来你突然发现手在我肩上，你就立刻缩了回去。

"你当时很腼腆，我们沿着脚手架往上走时，你都不好意思伸手拉我，你只是不住地说：'小心，小心。'

"我们走到了第六层，你说：'我们就坐在这里。'

"我点了点头，你就蹲了下去，用手将上面的泥灰碎石子抹掉，让我先坐下后，你自己才坐下。

"后来你看着我反复说：'要是你是一个男人该多好，我们就不用分手了，你跟着我到饭店，要不我去你家，我们可以躺在一张床上，我们可以不停地说话……'

"你把这话说了三遍，接着你站了起来，说再过两个小时天就要亮了，说应该送我回家了。

"我就站起来跟着你往下走，你记得吗？那幢房子下面三层已经有了楼梯，下面的脚手架被拆掉了，走到第三层，我们得从里面的楼梯下去，那里面一片漆黑，你在前面，我跟在后面，我们互相看不见。在漆黑里，我突然听到你急促的呼吸声，我从来没有听到过这样的呼吸，又急又重。我先是一惊，接着我马上意识到是怎么回事了，我一旦明白以后，自己的呼吸也急促起来。我觉得自己随时都会被你抱住，我心里很害怕，同时又很激动，激动得都有点喘不过气来了。我的呼吸一急促，你那边的呼吸声就更紧张了，变得又粗又响，我听到后自己的呼吸也更急更粗……

"我们就这样走出了那幢房子，什么都没有发生，我们走到街上，路灯照着我们，你在前面走着，我跟在后面，你低头走了一会，才回过身来看我，我走到你身边，这时候我们的呼吸都平静了，你又开始滔滔不绝地说话了。"

马兰说到这里停了下来，她看了一会周林，问他：

"你想起来了吗？"

周林点了点头，他说：

"当时我很胆怯。"

"只是胆怯？"马兰问。

周林点着头说：

"是的，胆怯。"

马兰说：

"应该是战栗吧？"

周林看着马兰，觉得她不是在开玩笑，就认真地想了想，然后说道：

"说是战栗也可以，不过我觉得用紧张这词更合适。"

说完他又想了想，接着又说：

"其实还是胆怯，当时我稍稍勇敢一点就会抱住你，可我全身发抖，我几次都站住了，听着你走近，有一次我向你伸出了手，都碰到了你的衣服，我的手一碰到你的衣服就把自己吓了一跳，我立刻缩回了手。当时我完全糊涂了，我忘记了是在下楼，忘记了我们马上就会走出那幢楼房，我以为我们还要在漆黑里走很久，所以我一次又一次地胆怯了，我觉得还有机会，谁知道一道亮光突然照在了我的眼睛上，我发现自己已经来到街上了……"

勾 引

"有一点我不明白……"周林犹豫了一会后说，"就是美国遗产，我是说……她是怎么回事？"

马兰说："她和你没关系。"

"没关系？"周林看了一会马兰，接着大声笑起来，他说，"这是你虚构的一个人？"

"不。"马兰说，"有这样一个人，我说到她的事都是真的，她也和一个诗人有过那种交往，只是那个诗人不是你。"

然后马兰笑着问他：

"你刚才说的那个喊叫'妈妈'的人是谁？"

周林也笑了起来，他伸手摸了摸额头，说：

"我以为她是美国遗产。"

马兰又问：

"你还能想起来她是谁吗？"

周林点点头，马兰则是摇着头说：

"我看你是想不起来了，就是想起来也是张冠李戴……你究竟和多少女人有过关系？"

"能想起来。"周林说，"就是要费点劲。"

周林说着身体向马兰靠近了一些，他笑着说：

"我还是不明白，我说的那句话你是怎么知道的？"

马兰问他："哪句话？"

周林说："就是那句很拙劣的话。"

"嘹亮的大腿？"马兰问。

周林点头说："这句也是。"

马兰说："那是你自己的诗句。"

周林说："我明白了，还有一句……"

"让我像抱妹妹一样抱抱你。"马兰替他说了出来。

周林嘿嘿笑了起来，他继续问马兰：

"你说美国遗产和我没关系，可这句话……我还真说过。"

马兰说："你是对别的女人说的。"

周林问："你怎么会知道？"

马兰说："我不知道，我只是猜想。因为也有人对我说过那句话，男人都是一路货色，看上去形形色色，骨子里面都一样。有的是没完没了地说话，满嘴恭维和爱慕的话，说着手伸了过来，先在我手上碰一下，过一会在我头上拍一下，然后就是摸我的脸了。还有的巧妙一些，说些话来声东击西，听上去什么意思都没有，可每句都在试探着我的反应。我还遇到过一上来就把我抱住的人，在一秒钟以前我还不认识他，他倒像是抱住一个和他一起生活了几年的女人……"

周林笑了起来，他问马兰：

"所以你就觉得我也会说那句话？"

马兰看了一会周林，说：

"你还说过更为拙劣的话。"

周林说："你别诈我了。"

马兰微笑了一下，然后问他：

"你能背诵多少流行歌曲的歌词？"

周林有些不安了，他不知所措地笑了笑，马兰继续说：

"应该是五六年前，那段时间你经常用流行歌曲的歌词去勾引女孩，这确实也是手段，对那些十八岁、二十来岁的女孩是不是很有成效？"

周林双手捏在一起，不解地问她：

"你怎么连这些都知道？"

马兰说："六年前的夏天你在威海住过？"

周林想了想后说：

"是，是在威海。"

马兰说："我也在威海，我在一家饭店里见到了你，你和十来个人坐在一起，你们大声说话，我就坐在你们右边的桌子旁，你们在一起吵吵闹闹，我看到了你。刚开始我只是觉得以前见过你，就是想不起来在什么地方见过，我不停地去看你，你也开始看我，就这样我们互相看着对方，我使劲地想你是谁。你呢，开始勾引我了，每次我扭过头来看你时，你都对我微微一笑。

"直到你同桌的一个人拿着酒杯走到你面前，大声叫着你的名字，我才知道你是谁，当时我的心都要跳出来了，我怎么也想不到六年后会在这样的地方见到你，你的头发剪短了，胡须反而留得很长，比头发还长。我当时肯定是发怔地看了你很久，你也一直微笑地看着我，你的微笑比刚才更加意味深长。

"我知道你没有认出来我是谁，要不你不会这样看着我，你会立刻站起来，喊叫着走过来，你会对我说："你还认识我吗？'

"而不是微笑地看着我，我知道这种微笑是什么意思，我心里有些吃惊，想不到几年以后你的脸上出现了这样的神态。后来我站起来走了出去，走到饭店对面的海堤上，那时候天还没有黑，我站在堤岸上看着那些在海水中游泳的人，夕阳的光芒照在海面上，出现了一道一道的红光，随着波浪起伏着。

"有一个人走到了我身边，我知道是你，我感觉到你的头向我低下来一些，我心里咚咚直跳，我不敢看你，倒不是我太紧张了，我是害怕看到你脸上的微笑，那种勾引女人的微笑。你在我身边站了一会，你的头离我的脸很近，我都能够感受到你呼出的气息，你那么站了一会，然后我听到你说："我是不是该安静地走开？'

"你的声音让我毛骨悚然，我没有看你是不愿看到你那种微笑，可是你让我听到了比那种微笑更叫人难受的声音。过了一会，你又故作温柔地说："我是不是该安静地走开，还是该勇敢留下来？'

"我全身都绷紧了，你接着说："难道你现在还不知道，请看我脸上无奈的苦笑。'

"我站在那里手发抖了，你却还在说："虽然我都不说，虽然我都不做，你却不能不懂。'

"你酸溜溜的声音让我牙根都发酸，我转过身去向前走了，我

　　　　　　　　　　　　　　　　　　　　┃ 余华作品

不想再和你站在一起，可是你跟在了我身后，你说：'就请你给我多一点点时间再多一点点问候，不要一切都带走。'

"我实在无法忍受了，我转过身来对你说：'滚开。'

"然后我大步向前走去，我脸上挂着冷笑，我为自己刚才让你滚开而感到自豪。"

马兰说到这里停下来看着周林，周林的手在自己脸上摸着，他知道马兰正看着自己，就若无其事地笑了笑，马兰继续说：

"仅仅六年时间，你就变成了另外一个人。六年前我们坐在第六层脚手架上，你情绪激昂，时时放声大笑，说的每一句话都像是喊出来的。六年以后，你酸溜溜地微笑，酸溜溜地说话了，满嘴的港台歌词。

"其实我们一起坐在脚手架上时，你已经在勾引我了，你当时反复对我说，如果我是一个男人该多好，这样我们就可以躺到一张床上去。当时我很单纯，我不知道你说这话时的真正意思，到后来，也就是几年以后，我才明白过来，不过丝毫不影响我对你的崇敬和爱慕。直到今天，我还在喜欢当时的你，我总想起你说话时挥舞着双手，还有长长的头发在你额前一甩一甩。"

马兰停顿了一下，说道：

"这是美好的记忆。"

周林转过脸来看着马兰，说：

"确实很美好。"

马兰接着说："后来就不美好了。"

周林不再看着马兰，他看起了自己的皮鞋，马兰说：

"我们后来还见过一次，是威海那次见面后两年……"

"我们还见过一次？"周林有些吃惊。

"是的。"马兰说，"也就是四年前，在一个诗歌创作班上，你来给我们讲课，那时你已经不留胡须了，你站在讲台上，两只眼睛瞟来瞟去，显得心不在焉。这是我第二次听你讲诗歌，第一次在影剧院你面对几百近千人，这一次只有三十个人听着你的声音，你讲得有气无力，中间打了三次哈欠，而且说着时常忘了该说什么，就问我们：'我说到哪儿啦？'

"讲完以后你没有回家，而是在我们创作班学员的几个宿舍里消磨了半夜时光，当然是在女学员的宿舍。有两次我在走廊上经过，听到你在里面和几个女声一起笑。到了晚上十一点，我准备上床睡觉时，你来敲门了。

"你微微笑着走了进来，自己动手关上了门，看到我站在床边，就摆摆手说：'坐下，坐下。'

"我坐下后，你坐在了我对面的床上，问我：'叫什么名字？'

"我说：'我叫马兰。'

"你又问：'是哪里人？'

"我说：'江苏人。'

"你点点头后站了起来，伸手在我脸上扭了一把，同时说：'小脸蛋很漂亮。'

"然后你走了出去。"

战　栗

"后来……"周林问，"后来我们还见过吗？"

"见过。"马兰回答。

"什么时候？"周林立刻问道。

马兰笑着说："现在。"

周林没有笑，他看着窗口，拉开的窗帘沉重地垂在两边，屋外的亮光依然很阴沉地挂在玻璃上，透过玻璃，他看到外面天空的颜色更为灰暗了。

马兰两条手臂往上伸去，她脱下了一件毛衣，接着用手整理了一下头发，她看到周林额上出现了一些汗珠，就说：

"你脱掉一件毛衣。"

周林用手擦了擦额上的汗，摇着头说：

"不用，没关系。"

马兰说："要不关掉电炉？"

说着马兰站了起来，准备去拔掉电源插头，周林伸手挡了一下，他说：

"我不热。"

马兰站在原处看了一会周林，然后坐回到沙发里，两个人看着电炉上通红的火，看了一阵，周林扭过头来说：

"我是不是该离开了？"

马兰看着他没有说话，周林对她笑了笑，他说：

"其实我不应该来这里。"

周林说完看看马兰，马兰还是不说话，周林又说：

"我不知道自己勾引过你三次……其实我骨子里没有变，还是十二年前坐在脚手架上的那个长头发的人……背诵几句流行歌词，伸手在你脸上扭一把都是逢场作戏……你为什么不说话？"

马兰说："我在听你说话。"

周林看了一会通红的电炉，问马兰：

"既然这样，你为什么还让我来？"

他看到马兰笑而不答，就自己回答：

"想看看我第四次是怎么勾引你的？"

马兰这时接过他的话说：

"看看你第四次是怎样逢场作戏。"

周林听后高声笑起来，笑完后他站起身，说：

"我该走了。"

他向床走去，走了两步回过头来问马兰：

"对了，有一件事我想问一下，十二年前你给我写信时，为什么不说我们曾经坐在脚手架上？"

马兰回答："我以为你看到我的名字，就会想起来。"

周林点着头说："我明白了。"

然后他再次说："我该走了。"

他看到马兰坐在沙发里没有动，就问她：

"你不送我了？"

马兰微笑地望着他，他也微笑地望着马兰，随后他转身走到床边，他往床上看了一会，回过身来对马兰说：

"马兰，你过来。"

马兰在沙发里望着他，他又说：

"你过来。"

马兰这才站起身，走到床边，周林伸手指了指放在床上的两件羽绒服，马兰看到自己的羽绒服仰躺在那里，两只袖管伸开着，显得很舒展，而周林的羽绒服则是卧在一旁，周林羽绒服的一只袖管放在马兰羽绒服的胸前。

周林问："看到了吗？"

马兰笑了起来，周林伸手将马兰抱了过来，对她说：

"这就是第四次勾引你。"

马兰笑着说："你的衣服在勾引我的衣服。"

那天下午，周林和马兰躺在床上时，周林看到窗台上有一粒布满灰尘的蓝色的纽扣，纽扣没有蜷缩在窗框角上，而是在窗台的中央。它在这样显眼的位置上布满灰尘，周林心想这扇窗户很久没有打开过了，是半年，还是一年？

曾经有一具身体长时间地靠在窗台上，身体离开时纽扣留下了。纽扣总是和身体紧密相连，周林看到一段女性的身体被蓝色的纽扣所封锁，纽扣脱落时，衣服扬了起来出现了一段身体，就像风吹起树叶后露出树干那样。

马兰对周林说：

"我想看看你的脸。"

周林仰起了脸，马兰告诉他不是现在，是在他最为激动的时候，她想看到他的脸。她说她从未看到过男人在最激动时脸上的神态，以前那些男人在高潮来到时，她指指自己脖子的左侧和右侧说：

"不是把头埋在这边，就是埋在这一边。"

周林那时双手撑着自己的身体，他问马兰：

"为什么要我这样做？"

马兰笑着说："因为你会答应我。"

接下去他们什么话都不说了，他们在充满着灰尘气息的床上和被窝里用身体交流起来，那张床起码有三个月没有睡过人了，而且是一张老式的木床，发出嘎吱嘎吱的响声。过了一段时间，把头埋在马兰脖子左侧的周林一下子撑起了身体，仰起头喊叫一声：

"快看我的脸！"

马兰看到周林紧闭双眼，脸都有些歪了，他半张着嘴呼哧呼哧地喘气，喘气声里有着丝丝的杂音。没一会，周林突然大笑起来，他的头往下一垂，又埋在了马兰脖子的左侧，他笑得浑身发抖，马兰抱住他也咯咯笑起来，两个人在一起大笑了足足五分钟，才慢慢安静下来。止住笑以后，周林问马兰：

"在我脸上看到了什么？"

马兰说："你的样子看上去很痛苦，其实你很快乐。"

周林说："我用痛苦的方式来表达欢乐。"

"这才是战栗。"马兰说，"我在你脸上看到了战栗。"

"战栗？"周林说，"我明白了。"

一九九一年五月